李少君
双语
诗歌选

Li Shaojun
Selected Poems

# 李少君
# 双语诗歌选

Li Shaojun
Selected Poems

李少君 ———————— 著
（美）王美富 （美）苏浪禹 ——— 译

中国书籍出版社
China Book Press

图书在版编目（CIP）数据

李少君双语诗歌选：汉文、英文 / 李少君著；
（美）王美富，（美）苏浪禹译. — 北京：中国书籍出版社，2021.10
　　ISBN 978-7-5068-8747-2

Ⅰ.①李… Ⅱ.①李…②王…③苏… Ⅲ.①诗集—中国—当代—汉、英 Ⅳ.①I227

中国版本图书馆CIP数据核字（2021）第212198号

## 李少君双语诗歌选

李少君 著　　（美）王美富　（美）苏浪禹 译

| 图书策划 | 武 斌　崔付建 |
| --- | --- |
| 责任编辑 | 朱林栋　成晓春 |
| 特约编辑 | 罗路晗 |
| 责任印制 | 孙马飞　马 芝 |
| 封面设计 | 鸿儒文轩 |
| 出版发行 | 中国书籍出版社 |
| 地　　址 | 北京市丰台区三路居路97号（邮编：100073） |
| 电　　话 | （010）52257143（总编室）（010）52257140（发行部） |
| 电子邮箱 | eo@chinabp.com.cn |
| 经　　销 | 全国新华书店 |
| 印　　刷 | 三河市华东印刷有限公司 |
| 开　　本 | 880毫米×1230毫米　1/32 |
| 字　　数 | 185千字 |
| 印　　张 | 6.375 |
| 版　　次 | 2022年1月第1版　2022年1月第1次印刷 |
| 书　　号 | ISBN 978-7-5068-8747-2 |
| 定　　价 | 48.00元 |

版权所有　翻印必究

# 目 录

我是有大海的人 ················································· 1
I Have the Ocean in Me

热带雨林 ························································· 5
Tropical Rainforest

云之现代性 ····················································· 7
Cloud Modernity

西山如隐 ························································· 11
Western Hill, There and Not There

尼洋河畔 ························································· 14
By the Niyang River

西湖,你好 ····················································· 18
Hello, West Lake

江　南 ···························································· 22
South of the Yangtze River

冬天,只剩下精神 ············································ 24
Winter, Only the Spirit Remains

我管不住我的乡愁啦 ········································ 28
I Am Losing Control of My Homesickness

中年单身男 ·················································· 32
Middle-aged Single Male

春天，我有一种放飞自己的愿望 ················ 34
It Is Spring, I Want to Set Myself Free

仲　夏 ························································ 36
Midsummer

春天里的闲意思 ········································ 40
Spring's Mood for Leisure

海之传说 ···················································· 42
Legend of the Sea

小巷深处的哲学 ········································ 44
The Philosophy in the Alley

义乌出土 ···················································· 46
Unearthed in Yiwu

著名的寂寞 ················································ 48
Famous Loneliness

回望珞珈山之伤感 ···································· 50
Looking Back at the Sorrows of Luojiashan

那些伟大的高峰 ········································ 53
Those Great Peaks

敬亭山记 ···················································· 55
Jingting Mountain Recollections

应该对春天有所表示 ································· 59
Let Us Do Something for Spring

山　行 ··········································· 61
The Mountain Walk

除夕夜的短信 ······································ 63
　　——来自一位朋友的叙述
SMS on New Year's Eve
　　　——A recount of a friend

妈妈打手机 ········································ 65
Mother's Cell Phone Call

邻　海 ··········································· 69
The Sea Next Door

废　园 ··········································· 72
Abandoned Garden

大　雾 ··········································· 74
Thick Fog

黄昏，一个胖子在海边 ······························· 78
Dusk—A Fat Man by the Sea

一块石头 ········································· 80
A Stone

夜宿寺庙 ········································· 82
Overnight at a Temple

新隐士 ……………………………………………………… 84
The New Hermit

渡 ………………………………………………………… 88
Crossing

第一次感受离别的悲伤 …………………………………… 90
Feeling the Sadness of Parting for the First Time

老火车之旅 ………………………………………………… 94
Old Train Trip

凉州月 ……………………………………………………… 96
Moon Over Liangzhou

抒　怀 ……………………………………………………… 98
Talking about Our Plans

傍　晚 ……………………………………………………… 100
Nightfall

雾的形状 …………………………………………………… 102
The Shape of Fog

摩的司机 …………………………………………………… 105
A Motorcycle Taxi Driver

隐　居 ……………………………………………………… 107
Seclusion

落叶之美 …………………………………………………… 109
The Beauty of Fallen Leaves

4

旧　年 …………………………………………………… 111
Old Year

# 附　录

"人民性""主体性"问题的辩证思考 …………………… 117
我的心、情、意 …………………………………………… 125
何谓诗意？如何创造诗意？ ……………………………… 130
自然对于当代诗歌的意义 ………………………………… 136
《致青春——"青春诗会"40 年》序言 ………………… 143
在世界之中 ………………………………………………… 146
中华诗词的当代性 ………………………………………… 151
百年新诗，其命维新 ……………………… 李少君　吴投文 / 162

序論

# 我是有大海的人

从高山上下来的人
会觉得平地太平淡没有起伏

从草原上走来的人
会觉得城市太拥挤太过狭窄

从森林里出来的人
会觉得每条街道都缺乏内涵和深度

从大海上过来的人
会觉得每个地方都过于压抑和单调

我是有大海的人
我所经历过的一切你们永远不知道

我是有大海的人
我对很多事情的看法和你们不一样

海鸥踏浪,海鸥有自己的生活方式
沿着晨曦的路线,追逐蔚蓝的方向

巨鲸巡游,胸怀和视野若垂天之云
以云淡风轻的定力,赢得风平浪静

我是有大海的人
我的激情,是一阵自由的海上雄风
浩浩荡荡掠过这一个世界……

## *I Have the Ocean in Me*

People from high mountains
see the plain as a place dull and shapeless.

People from the grasslands
feel the cities are constrict and congested.

People from the forest
feel all streets lack depth.

People sailing the sea
feel all other places are narrow and boring.

I am a man of the sea,
what I have experienced, you will not know.

The sea is with me,
my viewpoints are often different from yours.

Seagulls ride the waves, living their own lifestyle,
following the morning sun into the magnificent blue.

Whales patrol their realm, their minds and visions
matching the height of the clouds,
tireless wanderers of the untroubled sea.

I have the ocean in me,
passionate and forceful like the wind over the sea.
I go as I wish, not to be stopped ...

## 热带雨林

雨幕一拉,就有了热带雨林的气息
细枝绿叶也舒展开来,显得浓郁茂盛
雨水不停地滴下,一条小径通向密林
再加上氤氲的气象,朦胧且深不可测

没有雨,如何能称之为热带雨林呢
在没有雨的季节,整个林子疲软无力
鸟鸣也显得零散,无法唤醒内心的记忆
雨点儿,是最深刻的一种寂静的怀乡方式

## Tropical Rainforest

The rain releases the scent of the tropical rainforest.
Barks and leaves loosen up, looking luxuriant.
A foot path goes through the unfathomable jungle,
where raindrops and mist add to its mystique.

How can we call it tropical rainforest but not for the rain?
Without the rain, the entire forest droops,
bird songs become scant, memories pale and blur.
Raindrops manifest the quietest and deepest kind of homesickness.

*Li Shaojun Selected Poems*

# 云之现代性

诗人们焦虑于所谓现代性问题
从山上到山下,他们不停地讨论
我则一点儿也不关心这个问题

太平洋有现代性吗?
南极呢?抑或还有九曲溪
它们有现代性吗?

珠穆朗玛峰有现代性?
黄山呢?还有武夷山
它们有现代性吗?

也许,云最具现代性
从李白的"众鸟高飞尽,孤云独去闲"
到柳宗元的"岩云无心自相逐"
再到郑愁予的"云游了三千岁月
终将云履脱在最西的峰上……"

从中国古人的"只可自怡悦,不堪持赠君"
到波德莱尔的巴黎呓语"我爱云……
过往的云……那边……那边……奇妙的云!"

还有北美天空霸道凌厉的云
以及西亚高原上高冷飘忽的云
东南亚温润的云,热烈拥抱着每一个全球客

云卷云舒,云开云合
云,始终保持着现代性,高居现代性的前列

## *Cloud Modernity*

Poets worry about the so-called modernity.
Coming down the mountains, they do not let up.
As for me, I don't worry about it at all.

Can we say the Pacific Ocean is modern?
How about Antarctica? The Nine-bend Stream?
Are they modern?

And Mount Qomolangma?
How about the Yellow Mountain? The Wuyi Mountain?
Are they modern?

Clouds are perhaps the modernest.
From Li Bai's"The birds are gone high and far, only one roving cloud left",
to Liu Zongyuan's "The clouds play tag with the cliffs without a care",

to Zheng Chouyu's "after three thousand eons of roaming, the clouds come to rest at the westernmost peak ..."

From the classic "Sufficient for self-amusement,
inadequate as a gift",
to Baudelaire's Parisian raving "I love clouds... passing clouds ...
there ... over there ...
marvelous clouds! "

Then there's the bellicose clouds in the sky of North America,
the icy cirrus over the western Asiatic plateau,
the warm clouds of Southeast Asia for every global trotter.

Roving and roiling, converging and diverging,
clouds are constantly modern,
the frontiersman of modernism.

*Li Shaojun Selected Poems*

## 西山如隐

寒冬如期而至,风霜沾染衣裳
清冷的疏影勾勒山之肃静轮廓
万物无所事事,也无所期盼

我亦如此,每日里宅在家中
饮茶读诗,也没别的消遣
看三两小雀在窗外枯枝上跳跃
但我啊,从来就安于现状
也从不担心被世间忽略存在感

偶尔,我也暗藏一丁点儿小秘密
比如,若可选择,我愿意成为西山
这个北京冬天里最清静无为的隐修士
端坐一方,静候每一位前来探访的友人
让他们感到冒着风寒专程赶来是值得的

## Western Hill, There and Not There

Winter always comes on time, frosting our clothes.

Skeletal trees delineate the mountain with a stately profile.

All is indolent, no one and nothing expects anything.

So am I, staying in every day,

sipping tea, reading poetry, no fancy diversions.

A few sparrows hop on the leafless twigs outside the windows,

as for me, I am ever content with the way things are;

not jittered at all if forgotten by the world.

Once in a while, I do hide a small secret,

for example, my choice existence is the Western Hill,

that serene, zen-like hermit in Beijing's Winter,

patiently waiting for every friend to visit

and leave with the satisfaction of having braved the elements to come.

**Translator's note:**

Western Hill or Xishan ( 西山 ) is a mountain range to the west of Beijing.

# 尼洋河畔

在纽约,我听到过一个走遍全世界的人说:
每个地方的生活都是一样的
每个地方的爱情也是一样的

林芝就是一个不一样的地方
雪域高峰,时有神迹圣意闪烁
丛林中的一泓蔚蓝,深谷的大片野花
山顶的白云飞扬,携带着彩虹与霞光
让每一个目睹者倍感殊荣,福佑均沾

深夜,我在尼洋河堤上散步
黑暗中听见雨后激流的喘息声
我看到一对学生模样的藏族小恋人
树下,男孩踮着脚为女孩撑伞遮雨
看到我走过来,女孩轻声说:
"不用打伞了,没下雨了"

这声音多像四十年前我听到过的
这黑夜,这激流制造的不平静
也是一样的

## By the Niyang River

In New York, I once heard a worldly traveler say:
life is the same everywhere you go,
just like love is love wherever you go.

But Linzhi is simply a different kind of place.
Its snow mountains often glow miraculously,
a lagoon in the forest, fields of flowers deep in the valley,
floating clouds with rainbows and sun rays trailing,
leaving witnesses in awe and feeling blessed.

Late at night, I strolled down the Niyang River bank,
hearing rushing water after the rain.
Two young Tibetan teens, seeming in love, the boy
tippy-toed to raise an umbrella for the girl under the tree.
Seeing me, the girl whispered:
"We don't need the umbrella now, the rain has stopped."

Her voice, so familiar, brought back a memory from 40 years ago.
The dark night, the turbulence below the rapid
both felt familiar, too.

## 西湖，你好

风送荷香，构成一个安逸的院落
紫薇，玉兰，香樟，银杏，梧桐
还有莺语藏在柳浪声中
正适合，散步一样的韵味和韵脚

正当沉浸于苏堤暮晚的寂静之时
我和对面飞来的野禽相见一惊
相互打了一个照面，它就闪了
松鼠闻声亦迅速窜进了松林萱草里

还有十几只禽鸟出没于不远的草地
它们已将西湖当成了家园
分成好几个团伙各自觅食活动
我一过去，它们就四散而逃
只剩下一只长尾山雀大摇大摆地漫步
池塘边的鹭鸶和我皆好不惘然

所以,近来我有着一个迫切的愿望
希望尽快认识这里所有的花草鸟兽
可以一一喊出它们的名字
然后,每次见到就对它们说:你好

## Hello, West Lake

Scent of lotus in the wind complements the peaceful courtyard,
home of crape myrtle, magnolia, camphor, ginkgo, parasol trees,
in the company of chirping birds and whooshing willows,
a poetic space of downtempo rhythm, suitable for rhymes.

Hypnotized by the twilight stillness, here at Suti waterway,
I come across a flock of birds up-close;
startled, they scatter to escape.
A squirrel dart through the lilies for the pine forest.

Some dozen birds forage in the grass nearby;
they have made West Lake their home,
each flock carving out an area.
They fled as I came,
but a long-tailed chickadees continued to strut about,
bemusing me and the egrets by the pond.

All of these make me desperately wish
to acquaint myself with every plant and every animal here,
and to know their names by heart,
so I can greet each one with "Hello" when we meet again.

## 江 南

春风的和善,每天都教育着我们
雨的温润,时常熏陶着我们
在江南,很容易就成为一个一个的书生

还有流水的耐心绵长,让我们学会执着

最终,亭台楼阁的端庄整齐
以及昆曲里散发的微小细腻的人性的光辉
教给了我们什么是美的规范

## South of the Yangtze River

Everyday we take lessons from the spring breeze,
and suffuse ourselves in the soothing rain,
people of Jiangnan, the South of Yangtze, easily acquire
a gentle, soft-spoken manner.

And the flowing water, its timelessness
shows us the way to persevere.

Finally, the tidy and dignified pavilions,
and the exquisite Kunqu opera with all its beauty and compassion,
through them we learn the principles of aesthetics.

## 冬天,只剩下精神

冬天,把大地都暴露了
野草枯了,森林光秃了
河水也被冻结封存了
再没有什么秘密可以掩藏了

冬天,把动物的行踪也暴露了
空空漠漠的白茫茫一片
放眼看去什么都是一清二楚的
一点点黑影也会格外醒目

冬天,把人也给暴露了
天寒地冻,再也不能为所欲为了
日子贫瘠,也没什么可炫耀和自得的了
人心底的那点念想也遥不可及了
人活着,就剩一点精神了

这点精神,就暴露在天地之间

这点精神，就是人的一口气
仿佛荒凉的村子上空还缭绕的那一缕炊烟

## *Winter, Only the Spirit Remains*

Winter, the earth is fully exposed,
with drooping grass and skeletal forests.
The river is frozen sealed,
no secrets can be buried.

Winter, animal tracks are exposed, too.
An abandoned field of white nothingness.
All is open for inspection,
even a small shadow looks extraordinary.

Winter also exposes people's true color,
frozen stiff, unable to do at will.
Pale days, there's nothing to show off or brag about.
The longings in the heart are too deep to reach.
Life goes on, but only the spirit remains.

This spirit, it's exposed between heaven and earth.

*Li Shaojun Selected Poems*

This spirit, call it human aspiration,
is like the whiff of cooking smoke lingering over a desolate village.

李少君双语诗歌选
Li Shaojun Selected Poems

## 我管不住我的乡愁啦

我有利器,擦拭我的乡愁
比如浓霜,比如流云
比如寒风,比如暮色
在这样的擦拭之下
我的乡愁明晃晃

我有佐料,调剂我的乡愁
比如香草,比如黄叶
比如浓茶,比如烈酒
在这样的调剂之下
我的乡愁沉甸甸

我的乡愁有它自己的生命啊
它愈来愈厚,愈来愈大
仿佛一个器官,自行膨胀成巨无霸
我已完全无法控制它了

*Li Shaojun Selected Poems*

哎呀呀,它就要离我而去
远走高飞了……

# *I Am Losing Control of My Homesickness*

I have great tools to brush off my homesickness,
such as thick frost, such as floating clouds,
such as cold wind, such as twilight.
Once cleaned up by these items,
my homesickness turns to bright mood again.

I have condiments to flavor my nostalgia,
such as vanilla, such as yellow leaves,
such as strong tea, such as spirits.
With their balancing power,
my homesickness turns somber.

My homesickness is taking control of its own life.
It's becoming thicker and bigger,
like a body organ, growing into a giant.
I have no way of controlling it.

*Li Shaojun Selected Poems*

Ah ouch, it's going to abandon me.
It's going to fly to somewhere far away ...

## 中年单身男

雨夜,他喜欢看恐怖片
自我制造一点没有风险的惊险

他那可怜的欲望
一会儿膨胀到吓人的巨无霸
一会儿又缩小到仅仅一丁点

他把婚姻视为历史遗留问题加以冷处理
他把爱情看作现实需要
但始终停留在幻想的阶段

## Middle-aged Single Male

In rainy nights, he likes to watch horror films,
and manufacture a few risk-free thrills.

His pitiful appetite
can swell into a scary monster,
or shrink to the size of pinhead.

He sees marriage as a historic unresolved issue,
best to be dealt with by cold treatment.
He regards love as a practical need,
but has never left the stage of fantasy.

## 春天,我有一种放飞自己的愿望

两只燕子拉开了初春的雨幕
老牛,仍拖着背后的寒气在犁田

柳树吐出怯生生的嫩芽试探着春寒
绿头鸭,小心翼翼地感受着水的温暖

春风正一点一点稀释着最后的寒冷
轻的光阴,还在掂量重的心事

我早已经按捺不住了
春天,我有一种放飞自己的愿望……

## *It Is Spring, I Want to Set Myself Free*

The swallows flew by, opening the rain's veil for spring to come.
The old ox plows the field, cold mist trailing.

Willows tentatively put out new catkins.
Mallards stay in the water to savor the warmth.

The spring breeze is diluting the chill, bit by bit.
Time feels light, but one still weighs heavy thoughts.

I have tried to hold back for a long time,
it is spring now, and I want to set myself free ...

# 仲 夏

仲夏,平静的林子里暗藏着不平静
树下呈现了一幕蜘蛛的日常生活情节

先是一长串蛛丝从树上自然垂落
悬挂在绿叶和青草丛中
蜘蛛吊在上面,享受着这在风中悠闲摇晃的自在
聆听从左边跳到右边的鸟啼

临近正午,蜘蛛可能饿了,开始结网
很快地,一张蛛网织在了树枝之间
蜘蛛趴伏一角,静候猎物出现
惊心动魄的捕杀往往在瞬间完成
漫不经心误撞入网的小飞虫
一秒钟前还是自由潇洒的飞行员呢
就这样不明不白地成了蜘蛛的美味午餐

前者不费心机

后者费尽心机
但皆成自然

## *Midsummer*

Midsummer, the calm forest hides its not-so-peaceful nature.
Under the tree, there is a scene from a spider's daily life.

First, a long string of spider silk drops from the tree,
hanging between leaves and fresh grass, on the other end,
the spider swings freely and enjoys himself in the breeze,
listening to bird hopping left and right.

Almost noon, the ravenous spider starts to weave a web.
Soon, his web spans the branches.
The spider crouches in a corner and waits for prey to appear.
The thrill of killing is over in just an instant:
a small flying insect, a dashing pilot just a second ago,
accidentally hits the web, unsuspecting, unaware,
he has become the spider's delicious lunch.

The former is unconcerned;

the latter no longer needs to concern;
but they all make up this natural world.

## 春天里的闲意思

云给山顶戴了一顶白帽子
小径与藤蔓相互缠绕,牵挂些花花草草
溪水自山崖溅落,又急吼吼地奔淌入海
春风啊,尽做一些无赖的事情
吹得野花香四处飘溢,又让牛羊
和自驾的男男女女们在山间迷失……

这都只是一些闲意思
青山兀自不动,只管打坐入定

## *Spring's Mood for Leisure*

A cloud gives the mountain a white crown to wear.

Footpaths and vines intertwine, entangling some flowers and grass.

A stream splashes down the cliff, roaring towards the sea.

Spring winds, they play some rogue games,

blowing wild flowers' aromas everywhere,

bewitching the cattle and sheep, and

misleading men and women drivers in the mountains ...

Spring is in the mood for leisure.

Green mountains are unmoved, meditating into oneness.

李少君双语诗歌选
Li Shaojun Selected Poems

## 海之传说

伊端坐于中央,星星垂于四野
草虾、花蟹和鳗鲡献舞于宫殿
鲸鱼是先行小分队,海鸥踏浪而来
大幕拉开,满天都是星光璀璨

我正坐在海角的礁石上小憩
风帘荡漾,风铃碰响
月光下的海面如琉璃般光滑
我内心的波浪还没有涌动……

然后,她浪花一样粲然而笑
海浪哗然,争相传递
抵达我耳边时已只有一小声呢喃

但就那么一小声,让我从此失魂落魄
成了海天之间的那个为情而流浪者

## *Legend of the Sea*

She sits up in the center of the starry horizon.
Shrimps, crabs, and eels perform a dance in the palace.
A few brigades of whales lead the troupe, and seagulls follow treading water,
then the curtain opened, the sky is full of bright stars.

I sit on the reef around the cape.
The wind curtains are rippling, the wind chimes are echoing,
the sea under the moonlight is as smooth as a glass.
The waves, breaking in my heart, have not yet surged ...

Then she laughed, dazzling like the glitter waves,
who compete to deliver her laughter,
but only a murmur reached my ear.

But this murmur, this tiny murmur, has stolen my heart,
now I am a wanderer in search of love between heaven and sea.

## 小巷深处的哲学

越秀路上,处处繁密的花草气息
热闹也好,隐私也好
无休止的争吵与缠绵亲吻也好
都藏在这曲折幽深的小巷深处

千年前,六祖早就在这里说过:
不是风动,也不是幡动
是你的心动
所以,那些寺庙外的喧嚣与你何干也

北方开阔疏朗无所遮蔽
南方深藏一点禅在茂盛树木之中
真的已与世事无争了吗?
画外音说:不是春光太诱人
是你的心,至今仍未安分

## *The Philosophy in the Alley*

Lush flowers and grass are everywhere on Yuexiu Road.
Some like it rowdy, others prefer it private,
endless quarrels and lingering kisses,
all are hidden deep in this winding alley.

Thousands of years ago, the Sixth Patriarch said this here:
the air is not moving, nor the pennant,
it's your heart.
So, what has the hubbub outside the temples got to do with you.

The north is open and unobstructed,
but the south hides a little Zen in its lush greenery.
Do you really want nothing from the world?
A footnote: it's not spring that's tempting you,
it is your heart, the heart that refuses to accept less.

李少君双语诗歌选
Li Shaojun Selected Poems

# 义乌出土

义乌很洋，国际商贸城的风范
义乌也很土，其经典形象
仍是一个手摇拨浪鼓的货郎

在义乌汽车站，扑面而来的集市气息
风风火火，杂货味夹杂汗味飘散空气中
笑声、哭声和骂声汇入同一喧闹的洪流
劳斯莱斯和肩挑箩筐的农民工都堵在街角
焦灼、欣喜和痛苦的表情交替闪现，直到
一个人已分不清泪水还是蒙蒙细雨渗入泥土里

在这里，我深刻感受到了什么是田野草根
在短暂的义乌之行后，我一直笔挺的
灯芯绒西裤，沾上了久违的泥巴
因为在大都市里，只有水泥地
而此地，还有土壤和野草散发的朴素清香……

## *Unearthed in Yiwu*

Yiwu is very trendy, the epitome of International Trade City.
Yiwu is also very earthy, its classic image
is still a peddler calling with a pellet drum.

At the Yiwu bus station, the bazaar atmosphere
is sizzling, and the smell of groceries is mixed with that of sweat.
Laughter, crying, and scolding commingle to make up a noisy torrent.
Rolls-Royce and migrant workers with poled baskets all stuck at the street corner.
Anxiety, joy, pain, different faces flash in and out, until
no-one can tell you if it's tears or drizzle seeping into the soil.

Here, I feel the profound meaning of grass roots.
After a short trip to Yiwu, my usually sleek
corduroy trousers caught some of the long-parted mud.
In the metropolis, there is only concrete;
but here, there is the simple fragrance of soil and weeds...

## 著名的寂寞

抑郁,必得有酒来排遣
严寒,需要用雨水来释放
所以,这个初春,我不是在饮酒
就是在窗前听春水暴涨

寒窗下,最好还有红袖相偎
没有人能真正耐得住寂寞
寂寞要广为人知,才成为
众所皆知的著名的寂寞

## *Famous Loneliness*

For depression, we rely on wine for diversion.
For bitter cold, we need the rain to break it.
So, in the early spring, I am either drinking
or sitting by the window listening for the river's rise.

By the wintry window, it is best to cuddle with a beauty.
No one can really stand the loneliness.
We must broadcast our loneliness, so it becomes
famous and celebrated.

# 回望珞珈山之伤感

多年来，我只要一回想起珞珈山的樱花烂漫
就痛心疾首，就感觉虚度了整整四年光阴
对不起那一去不复返的大好青春和湖光山色

确实，珞珈山是如此美丽的一个校园
所有向好友倾诉大学期间未谈过恋爱的男生
都会被骂为呆鹅，得不到半点同情

同学会上，人过中年的男生们借着酒意
争相表白当年暗恋过谁，揭发谁喜欢过谁
风韵犹存的女生则满怀幽怨：当年你不早说

最后，在喝完足足十瓶白酒加若干啤酒后
全体男生站立起来，低下头
向至今还未嫁出去的女生谢罪
向辜负如此良辰美景发自内心地道歉
其中一个，还跪在地上痛哭流涕

## Looking Back at the Sorrows of Luojiashan

For many years, I only wanted to remember the bright cherry blossoms of Luojiashan.
So sad that I had wasted the whole four years,
so sorry that the grand spring of youth and that glorious scenery are gone forever.

Indeed, Luojiashan is such a beautiful campus.
All the men who did not declare their love during college, now admit them to their friends.
They are chided as silly geese, and get little sympathy.

These middle-aged classmates pass the wine at the reunion, and using the excuse of tipsiness,
compete to confess whom they secretly loved, and guess who else loved whom.
And those ladies, still charming, replied with regret that why didn't you say so back then.

Finally, after drinking at least ten bottles of Chinese spirits and more beer,
all the men stood up and bowed their heads,
apologizing to the ladies who have not married,
apologizing to have wasted such beautiful time and opportunities.
One of them even cried with his knees on the floor.

## Jingting Mountain Recollections

None of our efforts can compare with
the spring breeze that spurs fragrant flowers,
urges the birds to sing, and makes everything bloom.
Let love shine!

None of our efforts can compare with
a bird, who soars into the blue heaven
and returns to its nest on the tree at dusk.
We prodigal sons who can't return, where are our lost souls?

None of our efforts can compare with
a pavilion on Jingting Mountain.
A million scenes converge on this focal point.
People come to it from everywhere, same as clouds, on a pilgrimage.

None of our efforts can compared with
the poems of Li Bai.

His poetry gathers us here to drink and shout,

forgetting the differences between the ancient and modern,

forgetting ourselves in the mountains and valleys.

*Li Shaojun Selected Poems*

# 那些伟大的高峰

博格达峰、乔戈里峰
托木尔峰,汗腾格里峰
还有慕士塔格峰,友谊峰
……
我和新疆的朋友们谈起这些伟大的高峰
总是肃然起敬,无法抑制激动
他们却只是淡淡地,仿佛
是谈论他们的某位亲戚或朋友
他们熟悉得可以随口说起,娓娓道来

确实,在乌鲁木齐
我推开窗户,就看到了
在阳光下闪耀着的博格达峰

## *Those Great Peaks*

Bogda Peak, Chogori,
Tomur Peak, Khan Tengger Peak,
also Muztag Peak, Friendship Peak ...

Whenever I talked with friends from Xinjiang about these great peaks,
I was always awe-struck, unable to contain my excitement,
but they remained low-key, as if
the discussion was about one of their relatives or friends
— so familiar that they talked about them casually and tirelessly.

Indeed, in Urumqi,
I only need to open the window to see
Bogda Peak shining in the sun.

# 敬亭山记

我们所有的努力都抵不上
一阵春风,它催发花香
催促鸟啼,它使万物开怀
让爱情发光

我们所有的努力都抵不上
一只飞鸟,晴空一飞冲天
黄昏必返树巢
我们这些回不去的浪子,魂归何处

我们所有的努力都抵不上
敬亭山上的一个亭子
它是中心,万千风景汇聚到一点
人们云一样从四面八方赶来朝拜

我们所有的努力都抵不上
李白斗酒写下的诗篇

它使我们在此相聚畅饮长啸
忘却了古今之异
消泯于山水之间

# 应该对春天有所表示

倾听过春雷运动的人,都会记忆顽固
深信春天已经自天外抵达

我暗下决心,不再沉迷于暖气催眠的昏睡里
应该勒马悬崖,对春天有所表示了

即使一切都还在争夺之中,冬寒仍不甘退却
即使还需要一轮皓月,才能拨开沉沉夜雾

应该向大地发射一只只燕子的令箭
应该向天空吹奏起高亢嘹亮的笛音

这样,才会突破封锁,浮现明媚的春光
让一缕一缕的云彩,铺展到整个世界

## Let Us Do Something for Spring

Those who heard the rumble of thunder have a stubborn memory, convinced spring has arrived from the faraway sky.

I made up my mind, not to fall into the lethargy and hypnosis of a heated room.
I should rein in my horse before the precipice, and do something for spring.

Even if everything is still locked in a battle, and the winter unyielding,
even if we still need a bright moon in order to lift the fog,

let us ask the swallows to fire their arrows onto earth.
Let us play the flute, offering a bright tune to the sky.

This way, the blockade will be broken, and a dazzling spring will emerge.
Let the clouds spread out to repair the world.

## 山 行

野草包裹的独木桥
搭在一段清澈的小溪上
桥下,水浅露白石

小溪再往前流,芦苇摇曳处
恰好有横倒的枯木拦截
洄环成了一个小深潭

我循小道而来,至此
正好略作休憩,再寻觅下一段路

## *The Mountain Walk*

Wild grass wraps around the log bridge

that spans over a clear stream,

where white stones sparkle in shallow water.

A little downstream, where the marsh reeds sway,

a fallen log obstructed the flow,

channeling the water into a small deep pool.

I followed the foot path to this spot,

perfect for a rest before finding my way further down the path.

## 除夕夜的短信
### ——来自一位朋友的叙述

除夕夜,给几位女友发段子:
一酒鬼深夜回家,在楼下大喊大叫
邻居们,把窗户打开!
看到很多人探头出来
他又喊:看看我是谁家的?

只有一位女友回了短信:
哈,你是我家的!于是
她把我领回了家,直到现在

## SMS on New Year's Eve
### ——A recount of a friend

On New Year's Eve, I sent a wisecrack to several girl friends:
An alcoholic came home late at night and yelled from downstairs,
"Neighbors, open the windows!"
Seeing many people probed out,
he shouted again: "Tell me which home is mine?"

Only one girl friend wrote back:
"Ha, you belong to my home!" So,
she took me home, until today.

## 妈妈打手机

接到妈妈手机时,我正在开车
有些火急火燎,有些手忙脚乱
快七十的妈妈第一次用手机
说给远在天涯海角的儿子打一个试试
我急忙问:妈妈,没什么事吧
妈妈说:没事,就试试手机
我说好的,就这样啊。小车正在拐弯
我刚想放下手机,妈妈又说:
没事,没事,你要注意身体,不要太胖
我支吾说:好的好的,没事了吧?
小车汇入滚滚车流,我有些应接不暇
妈妈又说:没什么事,我们都挺好的
你爸爸也很好,你不用老回来
其实我回去得并不多,但车流在加速
我赶紧说:知道了,你也注意身体
妈妈说:我身体还不错,你爸爸也很稳定
你要照顾好自己,不用为我们操心

我语气加快：好，好，我会的
妈妈又迟迟疑疑说：没什么事了
再忙也要注意身体啊……
前面警察出现，我立马掐掉手机
鼻子一酸，两行眼泪不争气地流了下来

## *Mother's Cell Phone Call*

I received a call from my mother on the road.
It got me a little worried, and a little hectic to free up a hand.
It was the first time my nearly 70-year-old mother uses a cell phone,
she decided to try to call her son far far away.
I quickly asked: Mom, is everything alright?
Mother said: Nothing's the matter, I just wanted to try this cell phone.
I said that's good, that is it?
My car was making a turn.
I was about to put down my phone. Mother spoke again:
Nothing new, we're all well, but you must take care of yourself, try
not to gain weight.
I muttered: I will, I will, anything else?
My car was merging into the surging traffic, I felt a bit overwhelmed.
Mother continued: Nothing's the matter, all's well.
Your dad is fine, too, you needn't come home all the time.
Actually, I didn't go back that often,
but the traffic was picking up.

I quickly said: I see, you look after yourself, too.

Mom said: I'm doing alright,

your dad is the same as before.

You must take care of yourself, don't worry about us.

My words were picking up speed: Yes, yes, I will.

Mom paused, then said: Right, that's all,

take care of yourself even if things get busy.

Ah ...

A police car appeared in front of me, I tapped the phone off right away.

My nose felt it first, but then tears couldn't help but rolling down.

## 邻　海

海是客厅，一大片的碧蓝绚丽风景
就在窗外，抬头就能随时看到

海更像邻居，每天打过招呼后
我才低下头，读书，做家务，处理公事
抑或，静静地站着凝望一会儿

有一段我们更加亲密，每天
总感觉很长时间没看海，就像忘了亲吻
所以，无论回家有多晚，都会惦记着
推开窗户看看海，就像每天再忙
也要吻过后才互道晚安入睡

多少年过去了，海还在那里
而你却已经不见。我还是会经常敞开门窗
指着海对宾客说：你们曾用山水之美招待过我
我呢，就用这湛蓝之美招待你们吧

## The Sea Next Door

The sea is my living room, a big, wide, gorgeous blue scenery
just outside the window, you can see it when you look up.

The sea is more like my neighbor. Every day only after saying hello to it,
I will bend my head to read a book, do housework or office work,
or, quietly stand and stare for a while.

There was a period when we were closer, I often felt
as if I am parched from not seeing the sea, as if missing a kiss,
so no matter how late I returned, I would remember
to open the window and look at the sea, the same habit
as a good night kiss before bedtime.

Years have passed, and the sea is still there,
but you are not. I still open the doors and windows,

point at the sea, and say to visitors: You have treated me to lovely landscapes,
me, let me treat you with this blue beauty.

# 废 园

表面随意生长的花花草草
其实都是精心挑选出来的

看似杂乱荒芜的园子
昨天刚刚细致清理过

连那些似乎漫不经心的行人
也是专程赶来的游客

只有小兽例外，一闪而过的影子
它的惊慌是突然的

## *Abandoned Garden*

As if growing randomly, in fact every flower and every blade
was carefully curated.

Seemingly messy and desolate, the garden
was in fact just tidied up yesterday.

Even those casual-looking pedestrians,
they are visitors who made a special trip to come.

Except this little critter, its flashing shadow
and panic are unexpected.

## 大 雾

连续一周的大雨终于消停
树木们一身湿漉,也歇了口气
舒展开新嫩的叶子
昨夜的一场争吵却还在继续
绵长的积郁挥之不去
一如这弥漫的大雾仍在缭绕

她清晨就出了门,也没有说要去哪里
我们的小木屋就在半山中
屋后是丛林修竹,屋前有一条小溪
她也许是去了那片竹林里溜达
也许是在溪水边的石头上静坐

我心神不宁,倾听着她迟疑的徘徊的足音
我倾听了一上午,终于按捺不住
那足音似乎一直隐隐约约没有过间断
那大雾也久久盘桓,不肯消散

有过一只小鸟探头探脑来暗示过什么
足音、鸟鸣和她的面容交替闪现又隐没
我伸出头去，仍不见人影
我仿佛看到她正在随手采摘野果
草地上结着一个又一个小小的水网

雾消隐了泥泞地上所有清晰的脚印
我感到她还在山中，又好像已经不在

大雾隐瞒了她已经远去的真相
大雾掩饰了她早已消失的身影

## *Thick Fog*

The week of heavy rain finally stopped.
The trees were soaked, but relieved to have a break,
unfolding new tender leaves.
Out quarrel the previous night continued
with a long lingering gloom
as if the fog had not diffused.

She went out early morning without saying where she would be.
Our cabin was in the middle of the mountain,
with a bamboo forest in the back, and a stream in front.
Maybe she went to the tall bamboo forest,
or sat quietly on a rock by the stream.

I was restless, listening to her hesitant footsteps.
I listened all morning, and finally couldn't bear it any more.
Those footsteps seemed nonstop,
and the fog lingered, refusing to dissipate.

A bird dropped by as if to probe or suggest something.
Footsteps, birdsongs, and her face took turn to flashed by.
I stuck my head out and didn't see a shadow,
but seemed to see her picking wild fruits.
There were small webs of water on the grass.

The fog hid away the footprints on the muddy ground.
I felt she was still in the mountain, or perhaps not.

The fog concealed the fact that she's gone.
The fog concealed her long-vanished figure.

## 黄昏,一个胖子在海边

人过中年,上帝对他的惩罚
是让他变胖,成为一个大胖子
神情郁郁寡欢
走路气喘吁吁

胖子有一天突然渴望看海
于是,一路颠簸到了天涯海角
这个死胖子,站在沙滩上
看到大风中沧海落日这么美丽的景色
心都碎了,碎成一瓣一瓣
浮在波浪上一起一伏

从背后看,他巨大的身躯
就像一颗孤独的星球一样颤抖不已

## Dusk—A Fat Man by the Sea

Past middle age, the punishment God chose for him
was to let him become fat, become a fatso,
with a gloomy joyless expression,
puffing and panting as he walked.

One day Fatso suddenly felt the urge to see the sea,
so he humped and bumped to the cape near the end of the earth.
This hopeless fat man, standing on the beach,
seeing the beautiful sun setting into the deep blue sea,
his heart was broken, broken into petals,
rising and falling and whirling on the waves.

Seen from behind, his huge body
looked like a lonely planet, trembling and trembling.

# 一块石头

一块石头从山岩上滚下
引起了一连串的混乱
小草哎呦喊疼,蚱蜢跳开
蜗牛躲避不及,缩起了头
蝴蝶忙不迭地闪,再闪
小溪被连带着溅起了浪花

石头落入一堆石头之中
——才安顿下来
石头嵌入其他石头当中
最终被泥土和杂草掩埋

很多年以后,我回忆起童年时代看到的这一幕
才发现这块石头其实是落入了我的心底

## *A Stone*

A stone rolled down the cliff,
wreaking a series of havoc.
The grass shouted ouch, the grasshopper jumped away,
the snail was too slow to avoid it, and shrank its head.
The butterfly flapped in a hurry, and flapped again,
with the creek as an incidental casualty with big splashes.

The stone fell into a pile of other stones
—and finally settled.
It got lodged between other stones,
and was eventually buried under weeds and soil.

Years later, I recalled this childhood scene,
and realized that stone has actually fallen into my heart.

## 夜宿寺庙

梅花鹿蓦然闯进时,有如一位锦衣卫
立刻就放轻了步子,犹疑地走一步看一下
而我深夜的心庭是空空落落的一座寺庙
早已预感她的到来,这不速之客警觉地停立
竖起耳朵,监听每一滴露珠的掉落

花香弥漫,我已神情恍惚,面红耳赤
篝火还在园子里燃烧,火苗里的影子
忽飘忽闪更像是鬼。我按兵不动,平静起伏
只是略带酒意,和黑夜一起发出轻微的鼾声

## *Overnight at a Temple*

When the sika deer broke in, it immediately lightened
the footsteps like a palace guard, watchful about every move.
At the midnight hour my heart was an unvisited temple,
already intuiting about her arrival, but the uninvited guest stopped,
pricking up her ears to listen for every drop of dew.

The scent of flowers everywhere, I am in a daze, face flushing.
The bonfire is still burning in the garden, the shadow between
the flickering flames looks ghostly. I hold still, breathing evenly,
but, the tipsy me can't help but add a low snort to the night's rustle.

# 新隐士

孤芳自赏的人不沾烟酒,爱惜羽毛
他会远离微博和喧嚣的场合
低头饮茶,独自幽处
在月光下弹琴抑或在风中吟诗

这样的人自己就是一个独立体
他不愿控制他人,也不愿被操纵
就如在生活中,他不喜评判别人
但会自我呈现,如一支青莲冉冉盛开

他对世界有一整套完整的理论
比如他会说:这个世界伤口还少吗?
还需要我们再往上面撒一把盐吗?
地球已千疮百孔,还需要我们踩个稀巴烂吗?

还比如,他会自我形容
不过是一个深情之人,他说:

*Li Shaojun Selected Poems*

我最幸福的时刻就是动情
包括美人、山水和萤火虫的微弱光亮

## The New Hermit

Some recluse can't be lured by wine or tobacco, but loves feathery things.
He stays away from twitters and other fanfare,
drinks his tea quietly, keeps to himself,
occasionally makes a little music or poetry in the wind.

Such a person feels sovereign,
unwilling to control others or be controlled,
similarly, he's non-judgmental of others,
but self-preserving, like a green lotus taking time to bloom.

He has a thorough theory about the world;
for example, he would say: Why, are there too few wounds in the world?
Should we sprinkle extra salt on it?
The earth is full of scars, should we trample on it more?

And, for example, he would describe himself

as an affectionate person and say:

my happiest moment is when I am moved, for instances,

by pretty women, landscapes, and flickering fireflies.

# 渡

黄昏，渡口，一位渡船客站在台阶上
眼神迷惘，看着眼前的野花和流水
他似乎在等候，又仿佛是迷路到了这里
在迟疑的刹那，暮色笼罩下来
远处，青林含烟，青峰吐云

暮色中的他油然而生听天由命之感
确实，他无意中来到此地，不知道怎样渡船，渡谁的船
甚至不知道如何度过黄昏，犹豫之中黑夜即将降临

## *Crossing*

Dusk, at the ferry crossing, a passenger stands on the steps.

He looks perplexed, looking at the the river and the wildflowers.

He seems to be waiting, or perhaps is lost.

As he hesitates, twilight descends.

Far away, the forest turns misty, and the mountains breathe out clouds.

In the twilight, he is overwhelmed by a sense of destiny.

Indeed, his presence here is incidental, unsure about

where to ferry to and whose ferry to take.

He doesn't even know what awaits him at the end of dusk,

as darkness slowly descends on his dubiousness.

# 第一次感受离别的悲伤

清晨的机场,大厅里熙熙攘攘的人流
送客的亲友紧随着出行的长队
青年男子叮嘱着母亲:进去找不到登机口
就问工作人员,找不到座位就问空姐

男子手上抱着一个三岁的男孩
三岁的孩子还不懂人世的离别
父亲和奶奶唠叨时,他迷迷糊糊地
还未从昨夜的睡梦中完全醒来

送别的人群终于被栏杆隔离
奶奶喊着孙子的乳名,和孙子道别
男孩子猛然惊醒,机械地挥动小手
奶奶在远去,孩子咧开嘴巴胡乱送上飞吻

奶奶喊着孩子的乳名说要听话啊
男子叮嘱母亲要认准登机口

这一幕亲情打动着旁观的我
男孩长相平平，那一瞬间却格外可爱

但我没有意想到的是：
正面冲着奶奶呵呵直笑的男孩
一扭头趴在父亲肩上泪流满面
继而克制不住号啕大哭
哭声震动了整个机场大厅

孩子啊，你以后就会逐渐知道
这第一次感受的离别的悲伤
在懵懵懂懂之中突然完成
在此后的人生中还会不断地重演

# Feeling the Sadness of Parting for the First Time

Early morning, the airport terminal was crowded and bustling.
Those seeing off family and friends followed a long line of departing passengers.
A young man urged his mother: to find your boarding gate,
just ask the agent; to find your seat, ask the stewardess.

In the man's arms was a three-year-old boy,
an age too early to understand separation.
When the father and grandma talked about logistics, he looked fuddled,
as if not yet fully awakened from last night's dreams.

The farewell crowd was finally separated behind a railing.
Grandma shouted out grandson's name, and told him goodbye.
The boy suddenly woke up, and waved his little hand mechanically.
Grandma was leaving. The boy grinned and quickly blew out kisses.

Grandma shouted his baby-name and said: Be a good boy!
The father urged his mother to correctly find the boarding gate.
This scene of family affection moved me on the sideline.
The boy looked plain, but at that moment was very cute.

What I didn't expect was:
The boy, who just smiled and tittered straight at his grandma,
turned around to bury his head in his father's shoulder and burst into tears.
He couldn't stop crying;
his wails filled the entire airport lobby.

Oh child, you will gradually come to know
that the sadness of parting, accomplished this first time
before you realized it was happening,
will continue to repeat itself throughout your life.

# 老火车之旅

深夜,昏暗的车厢里
老人的呓语声和中年人的鼾声
压过了铁轨的轰隆声

我仿佛从未坐过如此漫长的火车

我的脸睡去,我的嘴还醒着
它还在制造着口水
我的屁股睡去,我的手还醒着
它向不可知的地方摸索

最关键的是,我的身体睡去
我的心还醒着
他还想拥抱一个未曾实现的梦

## *Old Train Trip*

Late at night, in the dim carriage,
an old man mutters, and a middle-aged man snores,
both louder than the train's rumble on the tracks.

I feel like I have never been on such a long train ride.

My face went to sleep, but my mouth is still awake;
it is still drooling.
My butt fell asleep, but my hands stay awake.
They fumble into the unknown.

The critical thing is: my body fell asleep,
but my heart stays awake.
It wants to embrace an unfulfilled dream.

# 凉州月

一轮古老的月亮
放射着今天的光芒

西域的风
一直吹到了二十一世纪

今夜,站在城墙上看月的那个人
不是王维,不是岑参
也不是高适
——是我

## *Moon Over Liangzhou*

This ancient moon

is emitting a modern shine.

The wind from the western frontier

has blown into the 21st century.

Tonight, the man atop the walled city gazing at the moon

is not Wang Wei, nor Cen Shen,

nor Gao Shi,

—— it is I.

## 抒　怀

树下，我们谈起各自的理想
你说你要为山立传，为水写史

我呢，只想拍一套云的写真集
画一幅窗口的风景画
（间以一两声鸟鸣）
以及一帧家中小女的素描

当然，她一定要站在院子里的木瓜树下

## *Talking about Our Plans*

Under the tree, we talked about our plans.
You said you wanted to write a biography for the mountain
and a history book for the water.

I said I just wanted to take some cloud photographs for an album,
and paint the landscape outside the window
(with one or two bird chirps),
and sketch a portrait of my young daughter.

Of course, she must stand under the papaya tree in the yard.

## 傍　晚

傍晚，吃饭了
我出去喊仍在林子里散步的老父亲

夜色正一点一点地渗透
黑暗如墨汁在宣纸上蔓延
我每喊一声，夜色就被推开推远一点点
喊声一停，夜色又聚集围拢了过来

我喊父亲的声音
在林子里久久回响
又在风中如波纹般荡漾开来

父亲的应答声
使夜色明亮了一下

## *Nightfall*

Evening, about dinner time,
I went out to call Father who was still strolling in the woods.

The night seeped in, bit by bit.
Darkness spread like ink on rice paper.
Each time I called, the night retreated a little further.
When I stopped calling, the night crouched in again.

My call for my father
echoed in the woods for a long time,
and rippled out in the wind.

Father's reply
momentarily brightened up the night.

## 雾的形状

雾是有形状的
看得见摸得着的

雾浮在树上,就凝结成树的形状
雾飘散在山间小道上,就拉长成一条带状
雾徘徊在水上,就是水蒸气的模样
雾若笼罩山顶,就呈现出塔样的结构
雾是有形状的
是看得见摸得着的

唯有心里的雾啊
是隐隐约约朦朦胧胧的
是谁也不知道它是什么样的形状的
它盘踞在心里,就终年不散
沁凉沁凉的,打湿着一个人的身与心

如果我们硬要说它像什么形状
我们只能说它像谜的形状

## The Shape of Fog

Fog is a shapely thing,
visible and tangible.

Floating on the tree, fog condenses into the shape of a tree;
adrift on the mountain path, it stretches into a band;
lingering on the water, it takes the shape of water vapor.
If the fog envelopes the mountaintop, it will appear like a tower.

But the fog in my heart,
that is the only fog that's vague and dim.
No one knows what shape it has.
It stays in my heart, and stays there year-round,
kind of cold, kind of damp, wetting my body and my heart.

If someone insists that we describe its shape,
we can say it has the shape of a mystery.

## 摩的司机

摩的司机是一位血气方刚的小伙子
他的车后正好坐上了妖娆多姿的妙龄女郎
怎能不在车流里左闪右突,横冲直撞
女郎低低的惊叫让他心里很受用

但在接过娇嫩玉手递过来的五元车钱时
他满脸的青春痘都充血,涨得通红

## *A Motorcycle Taxi Driver*

The motorcycle driver was a hot-blooded youth.
Behind him sat a bewitching graceful young lady.
How can he not dodge left, dash right amid the traffic flow,
jostle and elbow his way;
he found the girl's soft fearful cries encouraging.

But when taking the five-dollar fare from her delicate hand,
all his pimples flushed, making his face completely red.

*Li Shaojun Selected Poems*

# 隐 居

晨起三件事：
推窗纳鸟鸣，浇花闻芳香
庭前洒水扫落叶

然后，穿越青草地去买菜
归来小亭读闲书

间以，洗衣以作休闲
打坐以作调息
旁看娇妻小烹调

夜晚，井边沐浴以净身
园中小立仰看月

## *Seclusion*

Three things to do in the morning:
open the windows to enjoy the bird songs; water the flowers and smell the fragrance;
sweep the fallen leaves and sprinkle water in the front yard.

Then, cross the lawn to buy food,
and return later to the small pavilion for a read.

In-between, doing laundry as pastime.
Meditate, for resting.
Watch my pretty wife prepare a small meal.

At night, bathe at the well to get clean,
and look up at the moon from the garden.

# 落叶之美

落叶有一种说不出的美

它落在车上,有一种装点之美
它落在泥地上,有一种哀怜之美
它落在草上,有一种映照之美
它落在溪水上,有一种飘零之美

如果,只是一片落叶
落在了一块石头上呢?

## The Beauty of Fallen Leaves

Fallen leaves have a kind of indescribable beauty.

Fallen on the car, they have a decorative beauty.
fallen on the mud, they have a sad kind of beauty.
Fallen on the grass, they have a shimmering beauty.
Fallen on the creek, they have a floating beauty.

What if, what if it's a leaf all by itself
and fallen on a stone?

*Li Shaojun Selected Poems*

# 旧　年

下班了，他带上门
就像把旧年关在了门后
这是一年的最后一天
每一个动作都像是一种暗示

倒掉茶杯里的水
就像将旧事洗净
和同事说再见
似乎是和故人告别
顺便翻一遍旧台历
有点像重温过去的三百六十天
然后再将台历扔进废纸篓里
就像将过去的一切彻底丢弃

从空荡荡的大楼走出来
他黯然地走到树下
在幽暗的阴影下站了一会儿

现在让他唯一放不下的
就只有和她的事情了
欲断未断，欲了未能……

确实，其他的一切都过去了
旧年的饭局，旧年的娱乐，旧年的故事
旧物藏进箱子，新的一页即将掀开

只有这一段旧情，还是继续到了新年

## *Old Year*

After work he pulls the door closed;
it's like closing the old year behind the door.
This is the last day of the year,
and every action seems to have a hidden meaning.

Pouring the water out of the tea cup
is like cleansing old things.
Saying goodbye to colleagues
seems like saying goodbye to old friends.
Leafing through the old desk calendar
is like revisiting the past 360 days.
And dropping the calendar into the wastebasket
is like throwing everything away.

Leaving the empty building,
he walks dejectedly to a tree.
He stands in its gloomy shadows for a while.

Now there is only one thing he can't let go:
it is about her.
He wants to break up, but has not done;
he wants to end it, but can't do it ...

Indeed, everything else is in the past:
last year's dinner, last year's fun, last year's stories.
Old things are hidden away in boxes, and a new page is about to open.

Only this old love story continues into the New Year.

# 附 录

*Li Shaojun Selected Poems*

# "人民性""主体性"问题的辩证思考

主体性概念是一个现代概念，自康德强调之后，成为西方启蒙主义的一个重要话题。康德认为人因具理性而成为主体，理性和自由是现代两大基本价值，人之自由能动性越来越被推崇，人越来越强调个人的独特价值。根据主体性观点，人应该按自己的意愿设计自己的独特生活，规划自己的人生，决定自己的未来，自我发现、自我寻找、自我实现，这才是人生的意义。在诗歌中，这一理念具体化为强调个人性，强调艺术的独特性。诗人布罗茨基的观点颇具代表性，他说："如果艺术能教给一个人什么东西（首先是教给一位艺术家），那便是人之存在的孤独性。作为一种最古老，也最简单的个人方式，艺术会自主或不自主地在人身上激起他的独特性、个性、独处性等感觉，使他由一个社会动物变为一个个体。"但极端个人化和高度自我化，最终导致的是人的原子化、人性的极度冷漠和世界的"碎片化""荒漠化"。

中国文化对此有不同理解和看法。在中国古典诗学中，诗歌被认为是一种心学。《礼记》说："人者，天地之心也。"段玉裁《说文解字注》对此解释："禽兽草木皆天地所生，而不得为天地之心，唯人为天地之心，故天地之生此为极贵。天地之心谓之人，能与天地合德"。现代哲学家冯友兰先生认为：人是有觉解的动物，人有灵觉。因为这个原因，人乃天地之心，人为万物之灵。人因为有"心"，从而有了自由能动性，成为一个主体，可以认识天地万物、理解世界。从心学的观点，诗歌源于心灵的觉醒，由己及人，由己及物，认识天地万物。个人通过修身养性不断升华，最终自我超越达到更高的境界。

诗歌的起源本身就有公共性和群体性。中国古代诗人喜欢诗歌唱和与雅集。这是因为，诗歌本身就有交往功能、沟通功能和公共功能，可以起到问候、安慰、分享的作用。古人写诗，特别喜欢写赠给某某，这样的诗歌里暗含着阅读的对象，也因此，这样的诗歌就不可能是完全自我的，是必然包含着他者与公共性的。中国诗歌有个"知音"传统，说的就是即使只有极少数读者，诗歌也从来不是纯粹个人的事情，诗歌永远是寻求理解分享的。

诗歌是一种心学的观点，要从理解什么是"心"开始。心，在中国传统文化中是指感受和思想的器官。心，在中国文化中是一个整体性概念，既不是简单地指心脏，也不是简单地指大脑，而是感受和思想器官的枢纽，能调动所有的器官。

我们所有的感受都是由心来调动，视觉、味觉、嗅觉、触觉等所有感觉，都由心来指挥。比如鸟鸣，会唤醒我们心中细微的快乐；花香，会给我们带来心灵的愉悦；蓝天白云，会使我们心旷神怡；美妙的音乐，也会打动我们的心……这些表达里都用到心这个概念，而且其核心，也在心的反应。我们会说用心去听，用心去看，用心去享受，反而不会强调是用某一个具体器官，比如用耳去听，用眼去看。

因为，只有心才能调动所有的精神和注意力。所以，钱穆先生认为心是一切官能的总指挥、总开关。人是通过心来感受世界、领悟世界和认识理解世界的。

以心传心，人与人之间的心灵是可以感应、沟通的。人同此心，心同此理，诗歌应该以情感动人，人们对诗歌的最高评价就是能打动人、感动人，说的就是这个道理。钱穆先生认为：好的诗歌，能够体现诗人的境界，因此，读懂了好的诗歌，你就可以和诗人达到同一境界，这就是读诗的意义所在。

心通万物，心让人能够感受和了解世界。天人感应，整个世界被认为是一个感应系统，感情共通系统。自然万物都是有情的，世界是一个有情世界，天地是一个有情天地。王夫之在《诗广传》中称："君子之心，有与天地同情者，有与禽鱼鸟木同情者，有与女子小人同情者……悉得其情，而皆有以裁用之，大以体天地之化，微以备禽鱼草木之几。"

宋代理学家张载提出"民胞物与"的观点，将他人及万物皆视为同胞。语出《西铭》一文："乾称父，坤称母；予兹藐焉，乃混然中处。故天地之塞，吾其体；天地之帅，吾其性。民，吾同胞，物，吾与也。"意思是，天是父亲，地是母亲，人都是天地所生，所以天底下之人皆同胞兄弟，天地万物也皆同伴朋友，因此，我们应该像对待兄弟一样去对待他人和万物。中国古典诗人因此把山水、自然、万物也当成朋友兄弟，王维诗云："流水如有意，暮禽相与还。"李白感叹："相看两不厌，只有敬亭山。"李清照称："水光山色与人亲。"

在诗歌心学的观点看来，到达相当的境界之后，所谓主体性，不仅包括个人性，也包括人民性，甚至还有天下性。在中国诗歌史上，这样的例子举不胜举。其中最典型的就是唐代大诗人杜甫。

那么，何谓"境界"？境，最初指空间的界域，不带感情色彩。后转而兼指人的心理状况，含义大为丰富。这一转变一般认为来自佛教影响。唐僧人圆晖所撰《俱舍论颂疏》："心之所游履攀缘者，谓之境。"境界，经王国维等人阐述后，用来形容人的精神层次艺术等级。境界反映人的认识水平、心灵品位。王国维在《人间词话》里称："有境界则自成高格。"

哲学家冯友兰认为："中国哲学中最有价值的是关于人生境界的学说"，学者张世英则说："中国美学是一种超越美学，对境界的追求是其重要特点。"境界可谓中国诗学的核心概念。

境界概念里，既包含了个体性与主体性问题，个体的人可以通过修身养性，不断自我觉悟、自我提高，强化自己的主体性；也包含了公共性与人民性的问题，人不断自我提升、自我超越之后，就可以到达一个高的层次，可以体恤悲悯他人，也可以与人共同承受分享，甚至"与天地参"，参与世界之创造。

杜甫早年是一个强力诗人，"主体性"非常强大，在他历经艰难、视野宽广之后，他跳出了个人一己之关注，将关怀撒向了广大的人间。他的境界不断升华，胸怀日益开阔，视野愈加恢宏，成为一个具有"圣人"情怀的诗人，所以历史称之为"诗圣"。杜甫让人感到世界的温暖和美好。

杜甫早年的"主体性"是非常突出的，他有诗之天赋，天才般的神童，七岁就有过"七龄思即壮，开口咏凤凰"这样让人惊叹的表

*Li Shaojun Selected Poems*

现。年轻的时候，杜甫意气风发，有过"致君尧舜上，再使风俗淳"的理想，也曾经充满自信地喊出："会当凌绝顶，一览众山小"，对世界慷慨激昂地宣称"济时敢爱死，寂寞壮心惊""欲倾东海洗乾坤"。杜甫不少诗歌中都显现出其意志力之强悍，比如："骁腾有如此，万里可横行"，"何当击凡鸟，毛血洒平芜"，"安得鞭雷公，滂沱洗吴越"，"尔曹身与名俱灭，不废江河万古流"，"来如雷霆收震怒，罢如江海凝清光"，"杀人红尘里，报答在斯须"，何其生猛！即使写景也有"一川何绮丽，尽日穷壮观"，"无边落木萧萧下，不尽长江滚滚来"，"星垂平野阔，月涌大江流"，何其壮丽！……杜甫自己若无这样的意志和激情，不可能写出如此决绝强劲的诗句。

杜甫主体性之强，尤其表现在他身处唐代这样一个佛道盛行的年代，甘做一个"纯儒"，即使被视为"腐儒""酸儒"。有一句诗最能表达杜甫的强力意愿，"葵藿倾太阳，物性固莫夺"，葵藿就是现在说的向日葵，物性趋太阳光，《昭明文选》里称："若葵藿之倾叶，太阳虽不为之回光，然向之者诚也。"三国魏曹植《求通亲亲表》里也有："若葵藿之倾叶，太阳虽不为之回光，然终向之者，诚也。"杜甫认为自己坚守理想是一种物性，实难改变，尽管意识到"世人共卤莽，吾道属艰难"，但仍然甘为"乾坤一腐儒"（《江汉》），不改其志，仿佛"哀鸣思战斗，迥立向苍苍"的战马。

杜甫的诗歌主体还表现在他的艺术自觉。杜甫写作追求"为人性僻耽佳句，语不惊人死不休"，对于写作本身，他感叹"文章千古事，得失寸心知"。杜甫很自信，并且坚信"诗是吾家事""读书破万卷，下笔如有神"，但也虚心好学，"转益多师是汝师"，"不薄今人爱古人",他对诗歌字斟句酌,精益求精,"新诗改罢自长吟""晚节渐于诗律细"。

惜乎时运不济,杜甫的一生艰难坎坷,他长年颠沛流离,常有走投无路之叹:"残杯与冷炙,到处潜悲辛",(《奉赠韦左丞丈二十二韵》),"真成穷辙鲋,或似丧家狗",(《奉赠李八丈曛判官》);再加上衰病困穷,因此常用哀苦之叹:"贫病转零落,故乡不可思。常恐死道路,永为高人嗤"(《赤谷》),"老魂招不得,归路恐长迷"(《散愁二首》)。杜甫一生都在迁徙奔波和流亡之中,但也因此得以接触底层,与普通百姓朝夕相处,对人民疾苦感同身受,使个人之悲苦上升到家国天下的哀悯关怀。

安史之乱期间,杜甫融合个人悲苦和家国情怀的诗歌,如《哀江头》《哀王孙》《悲陈陶》《悲青坂》《春望》《新安吏》《潼关吏》《石壕吏》《新婚别》《垂老别》《无家别》等,杜甫以一己之心,怀抱天下苍生之痛苦艰辛悲哀,使杜甫成为一个伟大的诗人。杜甫最著名的一首诗是《茅屋为秋风所破歌》,在诗里,杜甫写到自己草堂的茅草被秋风吹走,又逢风云变化,大雨淋漓,床头屋漏,长夜沾湿,一夜凄风苦雨无法入眠。但诗人没有自怨自艾,而是由自己的境遇,联想到天下千千万万的百姓也处于流离失所的命运,诗人抱着牺牲自我成全天下人的理想呼唤"安得广厦千万间,大庇天下寒士俱欢颜,风雨不动安如山""何时眼前突兀见此屋,吾庐独破受冻死亦足!"这是何等伟大的胸襟,何等伟大的情怀!在个人陷于困境中时,在逃难流亡之时,杜甫总能推己及人,联想到普天之下那些比自己更加困苦的人们。

杜甫的仁爱之心是一以贯之的。他对妻子儿女满怀深情，如写月夜的思念，"今夜鄜州月，闺中只独看。遥怜小儿女，未解忆长安。香雾云鬟湿，清辉玉臂寒。何时倚虚幌，双照泪痕干"；他牵挂弟弟妹妹："海内风尘诸弟隔，天涯涕泪一身遥""我今日夜忧，诸弟各异方。不知死与生，何况道路长。避寇一分散，饥寒永相望"；对朋友，杜甫诚挚敦厚，情谊深长，他对好友李白一往情深，为李白写过很多的诗歌，著名的有"三夜频梦君，情亲见君意""冠盖满京华，斯人独憔悴""敏捷诗千首，飘零酒一杯"等；杜甫对邻人和底层百姓一视同仁，如"盘飧市远无兼味，樽酒家贫只旧醅。肯与邻翁相对饮，隔篱呼取尽余杯""堂前扑枣任西邻，无食无儿一妇人"；杜甫对鸟兽草木也充满情感，他的诗歌里，万物都是有情的，他写鸟兽："自去自来堂上燕，相亲相近水中鸥""鸬鹚西日照，晒翅满鱼梁""鹅儿黄似酒，对酒爱新鹅。引颈嗔船逼，无行乱眼多"；他写草木："杨柳枝枝弱，枇杷对对香""繁枝容易纷纷落，嫩蕊商量细细开"等等。

由于杜甫的博大情怀，杜甫被认为是一个"人民诗人"，堪称中国古典文学中个人性和人民性融合的完美典范。杜甫的"人民性"，几乎是公认的，不论出于何种立场和思想，都认可这一点。但由上分析，杜甫的"人民性"是逐步形成的，因为其经历的丰富性，视野的不断开阔，杜甫才得以最终完善自己。杜甫因此被誉为"诗圣"，其博爱情怀和牺牲精神，体现了儒家"仁爱"的最高标准。

杜甫被认为是具有最高境界的诗人，达到了冯友兰所说的天地境界："一个人可能了解到超乎社会整体之上，还有一个更大的整体，即宇宙。他不仅是社会的一员，同时还是宇宙的一员。他是社会组织的公民，同时还是孟子所说的'天民'。有这种觉解，他就为宇宙的利益而做各种事。他了解他所做的事的意义，自觉他正在做他所做的事。这种觉解为他构成了最高的人生境界，就是我所说的天地境界，生活于天地境界的人是圣人。"

所以，诗人作为最敏感的群类，其主体性的走向是有多种可能性的，既有可能走向极端个人主义，充满精英的傲慢，也有可能逐渐视野开阔，丰富博大，走向"人民性"，以人民为中心，成为一个"人民诗人"，杜甫就是典范。

# 我的心、情、意

## 一

诗歌是一种心学。

诗歌感于心动于情,从心出发,凝聚情感,用心写作,其过程类似修心,最终领悟意义,创造境界,得以在其中安心,同时还可能安慰他人,称之"心学"名副其实。

心,是感受和思想的器官,钱穆先生认为心是一切官能的总指挥总开关。学,有学问和学习两重含义,这里主要是指学习。学习,是一种通过观察、了解、研究和领悟使个体可以得到情感与价值的改善和升华的方式。

诗歌是一种心学,意思是,诗歌本质上是一种感受、学习并领悟世界的方式。心通天地万物,心是具体的、个人性的,但可以心心相通,以心传心,他人亦能感受、体会、理解。

每一代人,都要重新认识世界和了解世界,这是一种心学;而每一个时代,我们也都要面对新的感觉和变化及新的情况,努力学习、思索和理解,这也是一种心学。

需要特别指出的是:这种心学是建立在语言基础之上的,维特根斯坦认为语言是人区别于其他物种的存在方式。人是语言的动物，人也是情感的动物，唯有人，可以用语言把情感描述、记录、储存、升华并保留下来，即使历经千年，仍能打动后人。

## 二

所以，诗歌也是一种情学。

情，指因外界事物所引起的喜、怒、爱、憎、哀、惧等心理状态。李泽厚认为：动物也有情有欲，但人有理性，可以将情分解、控制、组织和推动，也可以将之保存、转化、升华和超越。若以某种形式将之记录、表现、储存或归纳，就上升为了文学和艺术。因此，李泽厚对艺术如此定义："艺术就是赋情感以形式。"艺术就是用某种形式将情感物化，使之可以传递，保存，流传。这，就是艺术的本源。

在我看来，艺术，其实就是"情感的形式"，或者说，"有形式的情感"，而诗，是最佳也最精粹的一种情感方式。

古人云：触景生情。情只有在景中，也就是具体境中才能激发并保存下来，而境是呈现情的具体场所和方式。

那么，何谓"境"？境，最初指空间的界域，不带感情色彩。后转而兼指人的心理状况，含义大为丰富。唐时，境的内涵意思基本稳定，既指外，又指内，既指客观景象，又指渗透于客观景象中的精神，含有人的心理投射观照因素。

境，为心物相击的产物，凝神观照所得。其实质就是人与物一体化。主客融合，物我合一，造就一个情感的小世界，精神的小宇宙。在情的关照整合统摄下，形成对世界和宇宙的认识理解。

情境，有情才有境。情景交融，情和景总是联系在一起的。情境，就是情感的镜像或者说框架，个人化的，瞬间偶然的情感在此停留，沉淀，进而上升为美。情境是一个情感的小天地。细节、偶然、场景因情感，才有意义，并建立意义。

中国人认为万物都是有情的，世界是一个有情世界，天地是一个有情天地。王夫之在《诗广传》中称："君子之心，有与天地同情者，有与禽鱼鸟木同情者，有与女子小人同情者……悉得其情，而皆有以裁用之，大以体天地之心，微以备禽鱼草木之几。"世界，是一个集体存在、相互联系、同情共感的命运共同体。

张淑香称之为一种彻底的"唯情主义"，这种"唯情主义"认为世界万物都有着"一条感觉和感情的系带"，并且由古而今，"个体之湮没，虽死犹存，人类代代相交相感，亦自成一永恒持续之生命，足与自然时间的永恒无尽相对恃相呼应"，从而超越死亡的恐惧，肯定生命本身的绝对价值。

## 三

诗歌，最终要创造一个有情的意义世界。

意，就是有方向、有目的的情感。意义，指精神赋予的含义、作用与价值，人是有自我反省、觉解能力的，能够意识到生活是否值得过下去，所以，人生是否有意义，对于每个人都很重要，人皆需要寻找意义。

诗，应该创造和提供一个意义世界。那么，如何创造？

前面说了，情之深入、持续与执着，产生意。以摄影经验为例，万物万景茫茫，唯定格截取一点，才能构成具体场景图像，才能有所确定，才能清晰，才能呈现摄影者心意，才能凸显美。

诗亦如此，欲以语言保存情感，亦需截取，固定为境。情凝聚、投注于境，沉淀下来，再表达出来，成为诗，成为艺术。

所以，艺术来自情深，深情才能产生艺术。这点类似爱情。心专注，才有情，才会产生情。爱情的本质，就是专一，否则何以证明是爱情。

艺术之本质也是如此，艺术就是深入聚焦凝注于某种情感经验之中，加以品味沉思，并截取固定为某种形式，有如定格与切片，单独构成一个孤立自足的世界，比如一首诗或一幅画。而阅读到这一首诗这一幅画的他者，又因其中积淀的元素唤起自身的记忆和内心体验，引起共鸣，感受到一种满足感（康德称之为"无关心的满足感"），并带来一种超越性，这就是美。

这种感受，就像瑞典诗人特朗斯特罗姆所说的"诗歌是禅坐，不是为了催眠，而是为了唤醒"，先唤醒己心，再以己心唤醒他心。

捷克汉学家普实克很早就认为：中国抒情诗善于"从自然万象中提炼若干元素，让它们包孕于深情之中，由此以创制足以传达至高之境或者卓尔之见，以融入自然窈冥的一幅图像"。

而意，自在这情之深刻、专注、凝固之中。当然，这情，不仅限于人与人，还包括对天地万物之情，推己及人，由己及物，王维之思，"流水如有意，暮禽相与还"；李白之感，"相看两不厌，唯有敬亭山"；李清照之喜，"水光山色与人亲"；辛弃疾之恋，"我见青山多妩媚，料青山，见我应如是"。

*Li Shaojun Selected Poems*

  古人说：诗融情理，诗统情理，情理结合构成意义。意义予人以目的、方向，予人生以满足感充实感和价值。

  在此意义上，布罗茨基说：诗是我们人类的目的。

# 何谓诗意？如何创造诗意？

诗人写诗，都是要追求一个诗意。

废名在强调旧体诗与新诗的区别时说：旧体诗因为形式是诗的，怎么写都可以，都是诗。而新诗，因为形式是散文的，所以必须有一个诗意，再将文字组织串联起来。可谓说到要害。

那么，什么是诗意？

诗意，按《现代汉语词典》：像诗里表达的那样的给人以美感的意境。

按一般理解，诗意，就是诗人用一种艺术的方式，对于现实或想象的描述与自我感受的表达。在情感立场上，有深情赞美的，有热爱歌颂的，也有批判反讽的，等等；在表达方式上，有委婉的，有直抒胸臆的，有用象征或隐喻手法的，等等。

诗意被认为是一首诗最重要的元素，所以，《现代汉语大词典》补充解释：诗意，就是诗的内容和意境。

诗无定法，诗意有多样含义和特点，是一个多变的概念。诗意，可能是一个细节，凝聚情感和记忆的细节，比如米沃什有一首诗《偶遇》，里面写到一个细节，一个人在路上看到一只兔子跑过，伸出手指了一下，整首诗围绕这个手势展开，回忆，怀念，含蓄而韵味无穷。诗是这样写的：

> 黎明时我们驾着马车穿过冰封的原野。
> 一只红色的翅膀自黑暗中升起。
>
> 突然一只野兔从道路上跑过。
> 我们中的一个用手指点着它。
>
> 已经很久了。今天他们已不在人世，
> 那只野兔，那个做手势的人。
>
> 哦，我的爱人，它们在哪里，它们将去哪里。
> 那挥动的手，一连串动作，砂石的沙沙声。
> 我询问，不是由于悲伤，而是感到惶惑。

诗意，也可能是一种非常个人化的情绪，诗人沉浸其中，独自吟咏，比如拉金的诗歌《为什么昨夜我又梦见了你？》：

> 为什么昨夜我又梦见了你？
> 此刻青白的晨光梳理着鬓发，
> 往事击中心房，仿佛脸上掴一记耳光；
> 撑起手肘，我凝望着白雾
> 漫过窗前？

# 李少君双语诗歌选
Li Shaojun Selected Poems

那么多我以为已经忘掉的事
带着更奇异的痛楚又回到心间
——像那些信件,循着地址而来,
收信的人却在多年前就已离开?

诗意,也可能是一种强烈感受,一段深刻的感情,让诗人反复回味、加深,比如叶芝的《当你老了》;诗意,也可能是脑筋急转弯,或有点类似"禅"的顿悟,观念的转变,逻辑和思维方式的转换,现代诗很多就是观念诗,让人耳目一新;诗意,也可能是一个突然的想法,一种新的理念,带有理想色彩和乌托邦性质;诗意,也可能是对某种旧的僵化的习见的反拨、纠正冒犯乃至颠覆,当然背后可能是人性的挖掘和人性的深入、改变或进步;诗意,还可能是一种大的关怀,一种情怀,比如杜甫的《茅屋为秋风所破歌》,等等。

此外,由于不同的文化背景与传统,即使处理同样的题材,各地的诗人也会有所不同。比如同是写山水之"静":中国唐代诗人王维的诗句:"蝉噪林逾静,鸟鸣山更幽",是一种中国美学的空灵悠远,在大自然中,人的寂静,心灵的寂静,显得深远;葡萄牙诗人佩索阿的诗句:在绿荫覆盖的公园的长椅上,"世界上所有的寂静都跑来跟我坐在一起",则是一种深沉的孤独感,一种与世隔绝的深刻的孤独;瑞典诗人特朗斯特罗姆的诗句:飞机的降落时,"直升机嗡嗡的声音让大地宁静",则很有现代感,突出机器声与人内心渴望回到安稳大地以求安心的对比;特立尼达岛的诗人沃尔科特的诗句:"暮色中划船回家的渔民,意识不到他们正在穿越的寂静",既肃穆又迷蒙,还有某种梦幻感,仿佛一幅印象派的画;美国诗人罗伯特·潘·沃伦的短诗《世事沧桑话鸣鸟》:

> 那只是一只鸟在晚上鸣叫,认不出是什么鸟,
> 当我从泉边取水回来,走过满是石头的牧场,
> 我站得那么静,头上的天空和水桶里的天空一样静。
>
> 多少年过去,多少地方多少脸都淡漠了,有的人已谢世,
> 而我站在远方,夜那么静,我终于肯定
> 我最怀念的,不是那些终将消逝的东西,而是鸟鸣时的
> 那种寂静。

沃伦描述的这种寂静有一种直抵内心让人震动的力量,是人在经历沧桑后向往的境界,一种真正的内心的安宁,这样的寂静如古寺钟声一样深远而悠久的力量,长久地存储于记忆之中。

人们经常说好诗难以翻译,其实,有些诗意是可以传递的,比如这个"寂静"这种感觉,人皆有之。而诗,本就需要人内心安宁时才写得出来,所以诗人对寂静总有独到而深刻的感受。

当然,世界各民族的语言之美是很难翻译的,比如音律,比如氛围感。

所以有人说,能翻译的是意,难以翻译的是美。

中国古典诗歌之美有自己独到的地方,那就是对"情境"的

强调。

　　以情造境是古代最常见的手法，所谓"寓情于景"，学者朱良志说王维的诗歌短短几句，看似内容单调，但他实则是以情造出了一个"境"，比如"人闲桂花落，夜静春山空。月出惊山鸟，时鸣春涧中"，还有："飒飒秋雨中，浅浅石溜泻。跳波自相溅，白鹭惊复下"……都独自构成了一个个清静自足但内里蕴含生意的世界，是一个个完整又鲜活的"境"。在此境中，心与天地合一，生命与宇宙融为一体，故能心安。

　　触景生情，借景抒情，更是非常普遍的诗歌技巧。境，可以理解为古代常说的"景"，也可理解为现代诗学中的"现场感"，具体场景，镜像。陶渊明"采菊东篱下，悠然见南山"，沉湎于安闲适意之境中，心中惬意溢于外表，而其"平畴交远风，良苗亦怀新"，目睹万物之欣欣向荣，内心亦欣喜复欣然；杜甫的《春望》："国破山河在，城春草木深，感时花溅泪，恨别鸟惊心，"情耶景耶，难以细分，情景皆哀，浓郁而深沉蕴蓄。

　　王夫之说："情境虽有在心在物之分，然情生景，景生情，哀乐之触，荣悴之迎，互藏其宅"，又曰："情景名为二，而是不可离，神于诗者，妙合无垠，巧者则情中景，景中情。"故王国维曰"一切景语皆情语"。

　　境，乃心物相击的产物，凝神观照所得。其实质就是人与物一体化。情境，有情才有境。在情的关照整合统摄下，主客融合，物我合一，造就一个情感的小世界，精神的小宇宙，形成对世界和宇宙的认识理解。

情因有境得以保存长久，境因有情而被记忆，具有了生命，有了回味。

古人认为万物都是有情的，世界是一个有情世界，天地是一个有情天地。王夫之在《诗广传》中称："君子之心，有与天地同情者，有与禽鱼鸟木同情者，有与女子小人同情者……悉得其情，而皆有以裁用之，大以体天地之心，微以备禽鱼草木之几。"

古人推己及人，由己及物，把山水、自然、万物当成朋友兄弟，王维诗云，"流水如有意，暮禽相与还"；李白感叹，"相看两不厌，唯有敬亭山"；李清照称，"水光山色与人亲"。

在中国古典文学和诗歌中，"情之一字，所以维持世界"，宇宙是"有情天地，生生不已"。天地、人间、万物都是有情的，所谓"万象为宾客""侣鱼虾而友麋鹿""小鸟枝头亦朋友"等。情，是人们克服虚无、抵抗死亡的利器。世界，是一个集体存在、相互联系、同情共感的命运共同体。

张淑香称之为一种彻底的"唯情主义"，这种"唯情主义"认为世界万物都有着"一条感觉和感情的系带"，并且由古而今，"个体之湮没，虽死犹存，人类代代相交相感，亦自成一永恒持续之生命，足与自然时间的永恒无尽相对恃相呼应"，从而超越死亡的恐惧，肯定生命本身的绝对价值。

情境，就是情感的镜像或者说储存器，个人化的，瞬间偶然的，情感在此停留，沉淀，进而上升为美。情境是一个情感的小单元、小天地。细节、偶然、场景，因保存了情感才有意义，并建立意义。

这样的一种诗意，仍然应该是现代诗创造的一个源头。

# 自然对于当代诗歌的意义

## 一、自然在古典诗歌中居于核心地位

中国传统，自然至上。道法自然，自然是中国文明的基础，是中国之美的基础。中国之美，就是青山绿水之美，就是蓝天白云之美，就是莺歌燕舞之美，就是诗情画意之美，《文心雕龙》很早就将自然与人文的对应关系阐述得很详尽："日月叠璧，以垂丽天之象；山川焕绮，以铺理地之形：此盖道之文也。"

中国之美，是建立在自然之美的基础上的，是自然之美与人文之美的结合，其最高境界就是诗意中国。盛唐融疆域之广阔壮美与人文之自由、多样和开放包容于一体，乃诗意中国之典范形象。

自然与诗歌艺术有着漫长的亲缘关系。

自然山水是诗歌永恒的源泉，是诗人灵感的来源。道法自然，山水启蒙诗歌及艺术。"外师造化，中得心源"，几乎是中国诗歌和艺术的一个定律。

自然山水本身就是完美的艺术品，比任何艺术品更伟大。比任何一本书都更启迪艺术家。山有神而水有灵，王维称其水墨是"肇自然之性，成造化之功"；董其昌称："画家以天地为师，其次以山川为师，其次以古人为师"；诗人袁宏道说："师森罗万象，不师先辈。"以山水为师，是众多伟大的诗人艺术家们艺术实践的共同心得体会。

人们还认为山水本身是一种伟大的艺术形式和永恒的精神品格，对此，作家韩少功分析："在全人类各民族所共有的心理逻辑之下，除了不老的青山、不废的江河、不灭的太阳，还有什么东西更能构建一种与不朽精神相对应的物质形式？还有什么美学形象更能承担一种信念的永恒品格？"所以，人们也以山水比拟人格，"仁者爱山，智者爱水"，成为人物品评的一个标准。

自然山水具有强大的精神净化作用，灵魂过滤功能。诗人谢灵运很早就说："山水含清晖，清晖能娱人"；汤传楹《与展成》文中称："胸中块垒，急须以西山爽气消之"；南朝吴均《与朱元思书》里更进一步说："鸢飞戾天者，望峰息心；经纶世务者，窥谷忘反"……看见山水，人们可以忘记一切世俗烦恼，可以化解所有焦虑紧张，所以古人称"山可镇俗，水可涤妄"，山水是精神的净化器。西方也有类似说法，美国作家华莱士斯泰格纳认为现代人应该到自然之中去"施行精神洗礼"。

自然山水这种巨大的精神净化功能和灵魂疗治作用，导致中国古代山水诗和山水画盛行，山水诗歌成为诗歌的主流。谢灵运、陶渊明、李白、杜甫、白居易、苏东坡等都是伟大的山水诗人，写下过大量的经典杰作。山水诗可以安慰心灵，缓解世俗的压抑。

需要指出的是，在汉语语境中，自然一词具有复杂多义的含义，除了指大自然之外，也可形容一种状态，比如自然而然，任其自然；还可以是一种生活方式和精神理念……这些意思又相互关联相互缠绕，显示出自然一词具有的张力。作为中国文化最重要的一个价值观"道法自然"，就同时蕴含了这多种意义。

## 二、自然的缺失导致一系列现代性问题

进入现代以后，西方文化强行侵袭，产生现代性冲击。文学由关注自然转向关注人事。

中国当代文学界最著名的一句话就是：文学是人学。在基督教背景下，这句话很好理解。基督教曾以关注人的堕落与救赎为借口，以来自天国的拯救为许诺，对人性强行改造和压制。文艺复兴以后，人的解放成为潮流，人性大释放，文学自然也就以对人性的表现和研究作为最主要的主题。

但很快这又走到另一个极端。上帝死了，人僭越上帝之位，自认为是世界的主人，自然的征服者，不再尊重自然和其他物种，将它们视为可任意驱使随意采用的资源和材料。自然问题从此变成一个经济问题或科技问题，而非人类所赖以依存的家园，与人类休戚相关的安居之所。自然从此陷入万劫不复之地。

人其实只能在人的意义上解决自己的问题，严守自己的本分和位格，在天地人神的循环中谦逊行事。在生态问题上，我们不仅要强调个人的自觉自律，更要强调人类集体的自觉自律。这一点，西方的智者也意识到了，比如海德格尔就呼吁恢复天地人神的循环，人只是其中的一环，反对把人单独抽取出来，作为世界的中心和主角，凌驾于万物之上。可以说与中国古人智慧相呼应。

在工业化浪潮中，也许因为相对后发，美国对现代文明的负面作

用反省较早。有"美国文明之父"之称的爱默生曾经强调：人类应该遵守两句格言，一是认识你自己，二是研习自然。爱默生号召美国文学回归自然，他甚至说：欧洲大陆文化太腐朽了，需要自然之风来吹拂一下。在很多学者看来，正是自然文学的发展，使美国文学区别于重人文的欧洲文学，使新大陆区别于旧大陆。确实，美国自然文学经典比比皆是，惠特曼的《草叶集》、梭罗的《瓦尔登湖》、奥尔多·利奥波德《沙乡年鉴》等。

奥尔多·利奥波德的"土地伦理"影响至今。他说："人们往往想当然地认为野生生物就像和风和日出日落一样，自生自灭，直到它们在我们面前慢慢地消失。现在我们面临的问题是高质量的生活是否要在自然的、野生的和自由的生物身上花费钱财。我们人类对于整个生物界来说还只是很少的一部分，那么能够真真正正看到自然界中的鹅群的机会比在电视上看更重要，有机会发现一只白头翁就像我们有权利说话一样神圣不可侵犯。"

"文学是人学"的说法在中国产生了一系列后果。由于现代性危机和对西方的过度膜拜和邯郸学步，现代文学彻底抛弃传统，打倒传统，从此对自然视而不见。五四时期，强调所谓"国民性改造"，夸大中国人人性中的黑暗面和负面，导致民族普遍地自卑和自贬。并且一直影响到中国当代文学，充斥着所谓人性的研究。但人性却被简单地理解为"欲望"，甚至，"人性恶"被视为所谓普遍的人性，说什么"人性之恶才是推动历史发展的动力"，以至文学中勾心斗角、人欲横流、尔虞我诈、比恶比丑、唯钱唯权的"厚黑学"流行，其内容几乎可以用一句话来形容：每一页都充斥着人斗人。从官场、商场到情场、职场，连古典宫廷戏、现代家庭情感剧也不放过。至此，真善美被认为是虚伪，古典文学中常见的清风明月、青山绿水也隐而不见。自然从当代文学中消失隐匿了。

这当然是社会风气出了问题，价值观认识论出了问题。引领社会风尚的文学包括诗歌也负有不可推卸的责任。是到了重新认识我们的传统和借鉴西方对现代性的反思的时候了，是重新认识自然、对自然保持敬畏、确立自然的崇高地位的时候了。

## 三、重新恢复自然的崇高地位

古人对自然的推崇，对当代诗歌也很有启迪意义。这种推崇具体到文学中，体现为对境界等概念的强调，对地方性文学的维护。

境界是古典文学的核心概念。中国诗歌强调境界其实与尊崇自然密切相关。在诗歌中，境界唯高。何谓境界？我的理解就是指个人对自然的领悟并最终与自然相融和谐共处。唐僧圆晖所撰《俱舍论颂疏》称："心之所游履攀缘者，谓之境。"哲学家冯友兰认为："中国哲学中最有价值的部分是关于人生境界的学说"，学者张世英说："中国美学是一种超越美学，对境界的追求是其重要特点。"境界，就是关于人的精神层次，但这一精神层次的基础就是自然与世界，反映人的认识水平、心灵品位。王国维在《人间词话》里称："有境界则自成高格"。境界里有景、有情，当然，更有人——自我。最高的境界，是"采菊东篱下，悠然见南山""纵浪大化中，不喜亦不惧"，是"游于艺"，是"天人合一"，是安心于自然之中。追求境界，就是寻找存在的意义，其本质是一种内在超越。学者胡晓明称："境界的要义，就是创造一个与自我生命相关的世界,在其中安心、超越、生活。"好的诗歌,就应该追求境界。古人称写诗为"日课",诗歌是一种个人化行为,诗歌也可以被视为一种个人日常自我宗教。我则视诗歌是一种"心学",是对自然与世界的逐步认识、领悟,并不断自我提升,自我超越。诗歌感于心动于情,从心出发,用心写作,其过程是修心,最终要达到安心,称之为"心学"名副其实。

境界的相关条件是自然,或者说,没有自然作为前提,就没有什么境界。古人早就说过:"山水映道",瑞士哲学家阿米尔也称,"一片自然风景是一个心灵的境界"。学者朱良志说王维的诗歌短短几句,看似内容单调,但他实则是以情造出了一个"境",比如"人闲桂花落,夜静春山空。月出惊山鸟,时鸣春涧中",还有:"飒飒秋雨中,浅浅石溜泻。跳波自相溅,白鹭惊复下"……都独自构成了一个个清静自足但内里蕴含生意的世界,是一个个完整又鲜活的"境"。在此境中,心与天地合一,生命与宇宙融为一体,故能心安。而按海德格尔的哲学,境界应该就是天地人神的循环之中,人应该"倾听""领会"与"守护"的那个部分,如此,我们才能"诗意地栖居在世界中"。

当代文学包括诗歌如果关注自然,就应该继承或者说重新恢复或者说光大创新类似关于境界这样的美学观念、规范和标准。

此外,古典诗歌对地方性的强调,其实就是对自然的尊重。古人很早就有"北质而南文"的说法,强调地域对文学的影响。清末民初学者四川刘咸炘探讨各地地域文化特征称:"夫民生异俗,土气成风。扬州性轻则词丽,楚人音哀则骚工,徽歙多商故文士多密察于考据,常州临水故经师亦摇荡其情衷。吾蜀介南北之间，折文质之中，抗三方而屹屹，独完气于鸿蒙。"有一定地理和历史学的依据。美国诗人施耐德在现代语境下，将地域性理解为"地域生态性"，强调保持地域生态完整性，保护地域的整体生态，颇具现代生态意识。

　　江南文化曾是地域文化的典型。很长一个时间段，江南之美曾是中国之美的代表。古人说：上有天堂，下有苏杭。江南是中国人最理想的居住地。自然和生活融合，理想和现实并存，诗意和人间烟火共处。江南最符合中国人向往的生活方式、观念与价值：道法自然。江南将"道法自然"变成了现实。"道法自然"是诗意的源泉，江南文化因此被称为"诗性文化"，是中国文化中最具美学魅力的部分。"暮春三月，江南草长，杂花生树，群莺乱飞"，江南也；"青山隐隐水迢迢，秋尽江南草未凋。二十四桥明月夜，玉人何处教吹箫"，亦江南也；"有三秋桂子，十里荷花。羌管弄晴，菱歌泛夜，嬉嬉钓叟莲娃"，还是江南；"江南好，风景旧曾谙。日出江花红胜火，春来江水绿如蓝，"最难忘江南……江南曾是自然、生活与诗意的最佳结合之地。古代的江南诗歌，就是地方性成功的典范。

　　当代也有一部分作家诗人成为自然文学的先行者，比如诗歌界的昌耀、小说家韩少功及其《山南水北》、散文家刘亮程及其《一个人的村庄》，还有早逝的散文家苇岸及其《大地上的事情》等等。但总体来说，这样的作家诗人还是太少，还未成为主流，这也正好反映了社会环境和精神领域中对自然的不够重视。

# 《致青春——"青春诗会"40年》序言

年轻的时候,迷恋这么一个说法:诗人,就是过着一种诗意生活方式的人,转化为文字,就是诗。按这个定义,凡是比较理想主义的、浪漫的、有情趣的人,都是诗人。这其实也符合中国古代对诗人的一种理解:人诗合一,人诗一体。诗人生活方式在前,诗在后。虽然现在看起来,这个更像现代行为艺术的思维方式,不重文本重行为。但如果仔细考察中国新诗史,这个定义不无道理,比起文本,更多的诗人是以其个性、独特性彪炳史册的。郭沫若的狂飙突进,徐志摩的深情悱恻,冰心的爱与纯真,乃至胡风的激情冲动,他们的人生,比起诗歌文本本身更有吸引力,更像一个传奇。人,始终是诗歌的主题和中心,人活得精彩,诗歌也会因此增添光彩。

这也就能理解,为什么在当代中国,"青春诗会"这样明显注重新锐、激情和创新期待的活动,越来越被神化夸大,以致似乎没有参加过"青春诗会"就难以言诗,或者内心有一种欠缺感,总觉得不完美,那是因为,青春本身就是诗意的,就是美的,就是诗的。青春为诗歌加持,诗歌因青春焕发异彩,散发魅力。

"青春诗会"四十年,当然留下了不少诗人、文本,还留下了众多传说、故事和小道消息乃至八卦,"青春诗会"本身成为一个事件乃至诗歌场域,每年"青春诗会"的举办,都具有一种神秘性和狂欢性,引发窃窃私语、猜测议论、想象和神往,每年参加"青春诗会"的只有十几个青年诗人和五六位指导老师,但参与"青春诗会"的人成千上万,他们以私密信息、暗暗兴奋、欣赏赞叹或者交头接耳、愤愤不平乃至谣言攻讦参与"青春诗会","青春诗会"本身仿佛一个大型行为艺术,引发广泛关注和场外围观,引发舆论喧哗和诗歌史探秘。

  四十年来,"青春诗会"仿佛第一缕春风,已生长出诗歌的锦绣花园,"青春诗会"仿佛第一缕晨曦,已铺就为诗歌的满天彩霞。"青春诗会"如此持续不断地引发话题,当然是因为四十年来,青春永远绽放,诗歌永远年轻,探索永不停步,创新得到了肯定和鼓励,甚至被膜拜,当然,这一点有时候也需要警惕,就像有人戏称的:中国当代诗歌创新的焦虑一度像被疯狗一样追得气喘吁吁,如此下去会被累垮累倒乃至累死,所谓"过犹不及"也。诚哉斯言!但也不容否认,百年新诗的活力和创造力也因此得以持续,诗歌之源泉汩汩流淌,绵绵不绝。

  关于"青春诗会"本身,已有大量文字、图像,也有不少诗歌传奇或流言蜚语,不用我们说太多。作为当事者,我相信无论是当初还是现在,我们的初衷都很简单,那就是认真踏实地关注诗歌新生力量、推动当代诗歌良性发展。我们置身于时代诗歌进程之中,当然各有怀抱,但对于我们这些负有责任也具有使命感的人来说,更多的是一种理想主义的冲动,与复兴中国诗歌辉煌的雄心。因此,"青春诗会"就是我们的梦想、方向和未来。

*Li Shaojun Selected Poems*

感谢所有为这本书做过贡献的人们,首先是《诗刊》历任主编和编辑们以及历届指导老师们,你们四十年来的努力现在结集出版了,一定会载入史册。这套书出版的直接推动者王晓笛兄,他的父亲王燕生先生在《诗刊》工作期间,极力推动"青春诗会"的工作,赢得了众多青年诗人的敬仰。现在王晓笛兄继承父亲事业,促成"特刊"的编辑出版,值得特别致敬。同时感谢四十年来支持过"青春诗会"举办的各个地方政府,因为你们,"青春诗会"至今在中国大地上流传、持续和放耀光芒,如星星之火,已经燎原!

# 李少君双语诗歌选
## Li Shaojun Selected Poems

## 在世界之中

我清楚地记得第一次看到《诗刊》创刊号时的惊讶，一是其阵容之强大，毛泽东主席十八首诗首发《诗刊》是轰动性的诗歌事件，这已载入各种诗歌史；二是艾青、冯至、徐迟、闻捷、萧三等人的诗作，重读仿佛回到当时的历史现场；但最令我惊讶的是，《诗刊》创刊号刊登了当时还没有获得诺贝尔文学奖但已有广泛国际声誉的聂鲁达的两首诗歌《国际纵队来到马德里》《在我的祖国正是春天》，翻译者分别是袁水拍和戈宝权。另外，仿佛是与诗歌格局配套，评论既发了张光年的《论郭沫若早期的诗》，也发了吴伯箫的《记海涅学术会议》，国内国际一视同仁，这些，都可见《诗刊》一创刊就显示了开放性和国际视野。

因为好奇，我随即查阅了接下来的《诗刊》，希克梅特、阿拉贡等人的诗作也赫然在册，由罗大冈等人翻译，当时，这些诗人都正处于诗歌创作的黄金期。《诗刊》复刊后，继续刊登在世的世界各地的诗人诗作，1979年9月号刊登了荒芜翻译的盖瑞·司纳德的诗作，盖瑞·司纳德现在一般翻译为加里·斯耐德，是美国自然诗歌的代表诗人，当时翻译的诗作选自其刚出版的诗集《海龟集》，并且前面还附了一个简短的"译者前记"，介绍了司纳德的生活经历和生态思想。

可以说,《诗刊》一直和世界诗歌保持着同步。

新诗与翻译的关系之密切,众所周知。确实,新诗从一开始就受到来自翻译的影响,甚至可以极端地说没有翻译就没有新诗。新诗革命一开始就只是观念革命,理论先行,并没有具体实践,所以胡适才尝试性写作《白话诗八首》,刊于《新青年》1917年第二卷上,没想到引起轰动,一鸣惊人,但其文本之粗糙,也饱受批评。不过,新诗革命还是拉开了序幕。胡适白话诗创作的真正成功之作,是1919年他用白话翻译的美国流行女诗人蒂斯代尔的诗作《关不住了》,刊登于《新青年》1919年第六卷,被众诗友高度赞赏,效果之好,以至胡适自己一直把这首翻译诗称为中国新诗的"新纪元",觉得自己的新诗理论和创作实践都有了范本和方向。

朦胧诗也是从翻译诗开始的。诗歌界有一个相当广泛的共识,即没有翻译就没有新诗,没有灰皮书就没有朦胧诗。被公认为朦胧诗起源的灰皮书,是指20世纪六七十年代只有高干高知可以阅读的、所谓"供内部参考批判"的西方图书,其中一部分是西方现代派小说和诗歌,早期的朦胧诗人们正是通过各种途径接触到这些作品,得到启蒙和启迪,从此开始他们的现代诗歌探索之路。"灰皮书"在文艺青年中秘密传阅,激发了许多热血沸腾者的诗歌梦想,从模仿开始,一轮现代诗的创作热潮掀起,激发了众多年轻人的创造力,朦胧诗人因此脱颖而出,引起关注。翻译家一度成为那个时代的文学英雄,马原、王小波等人甚至认为是他们创造了另外一种文学史。

进入21世纪以后,翻译对中国文学和诗歌创作的作用和影响力有所减弱,中国当代文学本身成为世界文学中最有活力和创造力的部分。在此之前，中国诗歌一直说要走向世界，其实，我们就在这世界之中。关键在于我们如何看待世界与我们自己。

2014年，我到《诗刊》工作后，负责编务，慢慢发现一些问题，比如《国际诗坛》栏目，喜欢刊登经典诗歌译作，原因是认为经典诗歌更少争议。但我对此不以为然，我认为，经典诗歌翻译的版本很多，无须《诗刊》再增加一个新的版本，而且也不见得比老版本翻译更好。另外，《诗刊》作为一本以发表新创作作品为主的刊物，翻译也应该与时俱进，关注世界各地那些当下正活跃着的诗人，他们才是最具活力和潜力的。另外，还有一个我没有公开说的私心，我认为《诗刊》要想取得国际声誉，就应该发表当下国际最具创造性的诗人作品，通过这些诗人诗作，将《诗刊》影响力辐射到世界各地。而且，随着其中一些诗人诗作经典地位的逐步奠定，《诗刊》也就能获得其国际性诗歌大刊的历史地位。

于是，我开始和栏目负责人、诗人也是翻译家赵四探讨，她立即明白了我的意思，表示同意，并着手和国内最著名的各语种诗歌翻译家联系，英语、法语、俄语、西班牙语、日语、韩语、意大利语、葡萄牙语等，我们搜索了一遍，让他们联系推荐各语种当下最优秀的诗人诗作。2017年，我们就实现了愿望，智利诗人尼卡诺尔·帕拉、加拿大诗人洛尔娜·克罗齐、瑞士诗人菲利浦·雅各泰、美国诗人比利科·林斯等各国代表性诗人的最新诗作，迅速出现在《诗刊》上。

随后，我力主在《诗刊》年度奖中设置一个"国际诗坛诗人奖"，要求获奖诗人必须来中国领奖，本来我们最中意的2017年度获奖诗人是尼卡诺尔·帕拉，著名的"反诗歌"理论倡导者，智利大学教授，多次被提名诺贝尔文学奖，但他因年事已高，那一年突然去世了。所以，《诗刊》首个"国际诗坛诗人奖"就奖给了加拿大女诗人洛尔娜·克罗齐，她被誉为当代加拿大诗歌的标志性人物之一，获得过加拿大最负盛名的总督文学奖，迄今已出版十七种诗集，中国也翻译出版过她的诗集。她的诗歌涉及家庭关系、女性身份与野性自然，《加拿大书评》曾称她为"英语世界最具原创性的现役诗人"。2018年度"国际诗坛诗人奖"则奖给了西班牙的胡安·卡洛斯·梅斯特雷，在西班牙本土和拉美世界拥有相当的影响力、号召力，多次到过中国，颁奖时，西班牙驻华教育官郝邵文专程陪同梅斯特雷到会并致辞感谢。就这样，《诗刊》的《国际诗坛》栏目真正引起了国际关注，参与到了世界诗歌的共同建设与创造之中。

2018年8月，《诗刊》抓住网络全球化进程，推动当代新诗参与世界诗歌的共同发展。《诗刊》所属中国诗歌网与美国华盛顿同道出版社 PATHSHARERS BOOKS，出版有季刊 *21st Century Chinese Poetry* 签订协议，合作开展汉诗英译活动。中国诗歌网设置专门栏目《汉诗英译》，由美国同道出版社组织翻译，将《诗刊》与中国诗歌网的最新优秀诗歌及时翻译成英文，每天推出一首。在中国诗歌网推出后，同步发表于美国诗歌网站 21st Century Chinese Poetry（www.modernchinesepoetry.com）。到目前为止，已有六百多首诗歌被翻译成英文，通过网络，中国当代新诗真正做到了与世界同步。在关于这次合作的申明中，有这样一句话："一百年来，汉语新诗的发展与外国诗歌及其翻译的影响密不可分，但双方的互动也始终存在不对等的问题。随着中国当代文学的崛起，当代汉语诗歌期待在更广阔的语境中发声，同世界文学达成愈加丰富的交流与对话。"交流与对话，才是诗歌共同建设、共同创造、共同发展之路。

中国当代诗歌，其实始终在世界之中，是世界诗歌中最活跃的部分，也是最有可能带来新的惊喜与新的创造性的部分。我们需要做的，就是保持这种激情、同步感与持续性，在相互交流相互对话相互激发相互融合之中，创造当代新诗的辉煌时刻，推动世界诗歌掀起新的激流与浪潮。

我们编选出版这一本《新译外国诗人20家》，也是这一努力的组成部分，所选诗人诗歌均来自《诗刊》的《国际诗坛》栏目，希望得到广大诗人和读者的喜欢。

(本文为《新译外国诗人20家》序言)

*Li Shaojun Selected Poems*

# 中华诗词的当代性

冯友兰先生有一段著名的论述,就是他在《西南联大纪念碑文》中所说:"我国家以世界之古国,居东亚之天府,本应绍汉唐之遗烈,作并世之先进,将来建国完成,必于世界历史居独特之地位。盖并世列强,虽新而不古;希腊罗马,有古而无今。惟我国家,亘古亘今,亦新亦旧,斯所谓'周虽旧邦,其命维新'者也!"

创新,一直是中国文化的使命。百年新诗,创新是使命,没有创新,就没有新诗。胡适当年倡导新诗革命,就是认为旧体格律诗僵化、陈旧,他在《文学改良刍议》中认为:今之学者,胸中记得几个文学的套语,便称诗人。其所为诗文处处是陈言滥调,"蹉跎""身世""寥落""飘零""虫沙""寒窗""斜阳""芳草""春闺""愁魂""归梦""鹃啼""孤影""雁字""玉楼""锦字""残更"……之类,累累不绝,最可憎厌。其流弊所至,遂令国中生出许多似是而非,貌似而实非之诗文。……吾所谓务去滥调套语者,别无他法,唯在人人以其耳目所亲见、亲闻、所亲身阅历之事物,一一自己铸词以形容描写之。

胡适强调的其实就是个人之独特感受,亲见、亲闻、亲身阅历之事物。这样,也就符合新诗革命、新文学革命之理想,追求新思想、新内容和新语言。但新诗革命有一个大谬误，就是只看到格律诗过度守旧的问题，没看到中华诗词里，其实包含着中华民族的文化基因、审美基因，导致有些新诗走向了简单化、粗鄙化和低俗化。这也是当代诗歌所需要纠正和弥补的。

而中华诗词面临的问题，则是胡适也已经指出的一些问题，那就是时代性和创新性不够的问题，以致远离大众、远离时代，所以，我们今天讨论中华诗词的当代性，显得重要而急迫。

文学是个体的创作，但又是时代和社会的反映。所以，中华诗词的当代性，其实就是抒发个人当下情感，描述百姓日常生活，呈现个体主体在新的时代的微妙感受和细腻心理，提升审美体验、社会经验和时代精神的诗意表现；就是响应习近平总书记"记录新时代、书写新时代、讴歌新时代"的号召，以人民为中心，坚定文化自信，吟咏心声，情赋山河，观照天地，创造新时代的诗词精典。

中华诗词的当代性，已经有不少当代诗词家在努力探索和尝试，已经取得了相当成效。我试着从几个方面简单分析讨论。

## 一、新时代意象

新的时代应该建构新的诗歌审美体系，创造美学新意象新形象。

诗歌是一种塑造形象的艺术，艺术以形象感人，只有典型形象才能深入人心、永久流传。我们这个时代恰恰是一个新意象、新形象不断被创造出来的时代，新的经验、新的感受与全新的视野，都和以往大不相同，以一种加速度的形式在迅速产生着。山河之美与自然之魅，日常生活之美与人文网络、社会和谐，都将给诗人带来新的灵感和冲击力，激起诗性的书写愿望；而复兴征程、模范英雄、高速高铁、智能机器、青山绿水、绿色发展、平等正义、民生保障、精准扶贫、安居乐业……都可以成为抒写对象，成为诗歌典型，都可以既有时代典范性，又具有艺术价值。

诗人王天明有一首《定风波·国产航母下水》，是写国产航母的，在诗词中，这是一个新题材，也只有新时代的诗人才会看到这一时代的奇迹，才会有新经验新感受，作者很好地表达了他独到的观感：

自古重洋勇者行，蛟龙入水引潮生。映日红旗天际远，舒卷，征途万朵浪花迎。

极目云横风起处，何惧？官兵铁骨已铮铮。一任惊涛如猛虎，航母，今于海上筑长城。

新时代的大国重器，形象地进入了诗词词汇和创作之中，对此格律诗来说，这就是一种创新，新形象、新意象的创新。

古代有古代的意象，当代有当代的意象，同时军旅诗歌，古代可能是塞上西风骏马，当代则是另外一种情形，军旅诗人朱思丞的《巡边》写出了这种与古不同：

浩歌翻白雪，落日界碑前。
霜重棘林矮，鸟稀关所偏。
风收山现马，影过草凝烟。
枪刺挑寒月，星沉一线天。

# 李少君双语诗歌选
Li Shaojun Selected Poems

枪刺挑寒月，一看就是当代的巡边，就是新意象新气象。所以，即使同是巡边题材，仍然可以写出当代的新颖独特之处。

还有对当代日常生活当代生活场景的描述，这些日常景观可能大多数诗人平常接触耳闻目睹的，但很少入诗词，写出新意更不容易，李子栗子梨子《沁园春》很有代表性：

某市城南，某年某日，雾霾骤浓。有寻人启事，飘于幻海；欢场广告，抹遍流虹。陌路西东，行人甲乙，浮世喧嚣剧不终。黄昏下，看车流火舞，谁散谁逢？

消磨雁迹萍踪。在多少云飞雨落中。算繁花与梦，两般惆怅；远山和你，一样朦胧。岁月初心，江湖凉血，并作行囊立晚风。青春是，那一场酒绿，一局灯红。

这里面现代元素比比皆是，也是我们司空见惯的城市景观，但诗人将之与青春记忆结合，很有现代感，惆怅、迷惘、青春的热血雄心与都市街景交替闪现。

诗歌是一种抒情的文体，古典诗歌注重的诗情感，见景生情、睹物思人，现代诗歌侧重的是情绪情况。李子栗子梨子的这首诗现代感非常强，是一种新时代的意象叠加与堆积。

新的时代，新的生活方式和观念价值，总是催生新的美学观念和美学形式，所以，新时代也将是一个新的美学开疆拓土的时代，可以创造出全新的美学方式与生活意义。

## 二、奋斗书写

奋斗，就是新时代的时代精神，新时代的主旋律。

新中国七十周年大庆，中央特别评选了"最美奋斗者"，可以说是重树英雄榜样。有一段时间，恶搞英雄、嘲讽乃至贬低英雄时有发生，这一次评选"最美奋斗者"，可以说是一次纠错。

每一个时代和民族都需要英雄。讴歌英雄是诗歌永恒的主题，无论古今中外，西方的《荷马史诗》，中国的《格萨尔》《江格尔》等等，最早的史诗都是记载和传诵英雄事迹的，唐代的边塞诗也是英雄之诗、浪漫之诗，边塞诗是盛唐精神的象征、盛唐诗歌的高峰，艺术成就也是最高的，英雄主义和理想主义是其主轴。

新时代也正在恢复这一传统，首先是拨乱反正，重树英雄的地位，给英雄以赞美，向英雄致敬。当代诗词也出现一些优秀作品，比如黄炎清的《沁园春·塞罕坝精神赞》：

> 一面红旗，三代青年，百里翠屏。正鹰翔坝上，清溪束练，云浮岭表，林海涛声。北拒沙流，西连太岳，拱卫京津百万兵。凝眸处、邈苍烟一抹，绿色长城。
> 
> 曾经岁月峥嵘。况览镜衰颜白发生。忆荒原拓路，黄尘蔽日，禽迁兽遁，石走沙鸣。沧海桑田，人间奇迹，山水云霞无限情。春来也、听奔雷击鼓，布谷催耕。

塞罕坝的事迹近年广为人知，几代人治理荒漠，前赴后继，终有功效,这首记录其英雄壮举的诗歌,可谓极具概括性,把这一事业的前后历史及艰辛努力,以艺术的方式完美再现。

普通人物身上也有亮点,有英雄的行为和举动,许东良的《青玉案·环卫工人》将目光投向底层的环卫工人,发现其闪光之处,令人感动,全诗如下:

晓天犹挂星无数。已扫遍、霜尘路。专用斗车闲不住。才穿陌巷,又临豪墅,如影同朝暮。
满城攘攘多灰土。自顾清街净千户。低唱红歌头顶雾。仰瞻俯探,但愁帚短,难及高深处。

歌颂的诗歌也可以写得婉约动人,比如张紫薇写敦煌的女儿樊锦诗的《浪淘沙·樊锦诗礼赞》:

古道漫风烟,散落诗篇。窟封宝藏不知年。应是前生心暗许?一见生欢。
带路舞飞天,乐奏和弦。大同世界尽开颜。莫使珠光沉睡去,璀璨人间。

将樊锦诗对敦煌的一见倾情的热爱和长久坚持的守卫,写得异常动情,也写出了敦煌对文化的独到贡献。

## 三、以诗抗疫

2020年，突发的疫情考验人类，也考验了中华诗词的当代性。突发的疫情，开始让很多人措手不及，各种反应都有，但到后来逐渐控制住后，情况又有了不同。从诗歌的角度，疫情期间也可以分两个阶段：第一个阶段，更多的是个体的一种本能的反应，封闭隔离在家，普遍的恐惧和抑郁，还有因疾病引发的痛感；第二个阶段，中央和各大组织的强力介入，集体力量产生的效果开始突显，社会开始变得有秩序，人心开始安稳，信任感和信心倍增。

这两个阶段诗歌创作的主基调是不一样的。第一个阶段可以说是本能的自发的情感情绪宣泄，因为封闭隔离，害怕、紧张、无所适从，每个人都彻底回到了真正的个体，成为真正的"裸露的自我"，成为复杂多样情感情绪的反应器，借助诗歌表达，大量自发涌现的创作，一种创作的原始状态，井喷状态，通过手机、自媒体和网络发表。这个阶段的诗歌创作主要是情绪化的宣泄，赤裸的存在状态，等待之中的焦虑与挣扎，不确定感，恐慌、哀伤、指责、哭泣、愤怒、呼喊等等，不一而足。第二个阶段则开始有相对理性节制的反省和思考，这与国内疫情被逐渐控制有关。于是，对奔赴武汉、湖北的白衣战士的歌颂，对医护勇士的歌颂，成为一种潮流。在第二阶段的诗歌创作中，诗人们再次体会了个体与民族、自我与国家的相互依存、相互融合关系。这两个阶段，都涌现了一些优秀诗歌。

比较而言，第二阶段的诗作让人印象更为深刻，留下了不少令人难忘的文本。既有讴歌英雄主题的诗作，比如杨逸明写《赞钟南山院士》：

> 挺身而出识斯翁，几度陈辞报吉凶。
> 自有控防真手段，绝无敷衍假言容。
> 心牵东土求灵药，泪洒南山击警钟。
> 沧海横流危悚际，一尊罗汉立成峰。

这是一曲英雄赞歌。

也有亲身参与抗疫第一线工作的诗人的现场记录，比如公安干警参与武汉封城的描述，典型的有武汉干警楚成的《声声慢·次范诗银先生雪后上元寄武汉诗友韵书怀》：

> 凌寒守卡，戴月披星，城封桥锁伤情。纵使新春佳节，莫诉衷情。江流如风婉转，是悲生、更是柔情。男儿战疫，别妻离母，只有真情。
> 偕谁瘟神来捕，龟蛇望、愁云惨淡无情。宁为阵前兵卒，不废豪情。严防细查刻刻，待晨曦绘出深情。同心圆上，警徽添，一片情。

这些诗句，可谓一种历史事实的记录。

这些诗歌里，有些注重细节捕捉的诗歌尤其令人记忆深刻，比如王守仁《按手印》：

抗疫悬壶争挽弓，神州处处起春风。

签名请战飞千里，白纸梅花指印红。

这是一种新时代特殊形象的捕捉。白衣战士奔赴抗疫前线之前，不顾生死，请命上医护第一线。为表决心，不怕生命危险，果断按下手印，这与战争时期的请缨上战场何其相似，但这只有21世纪才会发生的情形，这也是一个时代的烙印和缩影。

中华诗词要有当代性，这就是一种当代性。

## 四、扶贫史诗

脱贫攻坚是具有史诗性的历史事件。

脱贫攻坚全面建成小康社会，是中国共产党第一个百年的奋斗目标，也是中国共产党的庄严承诺。消除贫困、改善民生、逐步实现共同富裕，是社会主义的本质要求，也是中国共产党的重要使命。坚持精准扶贫、精准脱贫，坚决打好三大攻坚战，确保2020年所有贫困地区和贫困人口一道迈入全面小康社会，是全党全国全社会长期以来共同的追求。新中国成立70年以来，中国共产党带领人民持续向贫困宣战，成功走出了一条中国特色扶贫开发道路，这是史诗般的实践。壮丽艰辛的扶贫历程呼唤着与之匹配的诗歌力作。

诗词界在这方面没有落后，有不少诗作生动形象地反映了这一历史巨变。有些扶贫工作队的诗词，比如钟起炎的《与贫困户共商产业发展》：

灯火人家月色幽，小桥流水唱无休。
帮扶走访深山路，每与春风一道谋。

也有歌颂扶贫英雄的，比如蒋昌典的《广西村干部黄文秀》：

贫家儿女最知贫，欲变穷乡自屈身。
莫道光华才一瞬，火花点亮是青春。

还有写贫苦乡村变化的，比如吴江的《新村》：

春光何处好，农父崭新家。
安宅双飞燕，盈门七彩霞。
客商跻网络，蔬果售天涯。
篱上牵牛美，齐吹小喇叭。

这些诗词都很形象化，使用了新时代的意象形象，新鲜活泼，接地气，有生活气息，有感染力。

确实，这些在脱贫攻坚的伟大实践中涌现出来的健康美好的情感，是真正发自内心的，是对生活的满足和对人生意义的追求。与人民同甘共苦，为美好生活而奋斗，所以才有一个个感人故事、细微变化、日常细节，带着泥土味，充满真情实感，这些诗歌里表现出的血肉相连的情感是感染人的，这种精神是激励人的。这些情感和意义的抒写，是一个时代真实的记录，是诗词当代性的鲜明表现。

除了以上所列举，新时代的众多伟大实践和巨大变迁，比如高速路、高铁、快递外卖、共享经济、智能机器、航天航空、深海作业等，都得到了中华诗词的很好表现，是中华诗词当代性的具体体现。

"文章合为时而著，歌诗合为事而作。"新时代中华诗词需要创新，"周虽旧邦，其命维新"，创新是中华文化的天命，也是新时代中华诗词的使命，没有创新就没有新诗，新诗就是创新的产物，中华诗词也一直与时俱进，不断革新和前进。创新和建构，是新时代诗歌诗词的双重使命。创新和建构并不矛盾，创新要转化为建设性力量，并保持可持续性，就需要建构，建构包含着对传统的尊重和吸收，而不是彻底否定和破坏颠覆。创新，有助于建构，使之具有稳定性持续性。而只有建构目的的创新，才不是破坏性的，是真正具有建设性的，可以满足人民的文化生活需要，增强人民追求美好生活的精神力量，成为建设文化强国的能量动力，才能为文化强国建设添砖加瓦，锦上添花，展现永久魅力，焕发时代光彩。

# 百年新诗，其命维新

李少君　吴投文

**吴投文：**你在初中时就开始写诗了，初一时写的散文诗《蒲公英》就发在了《小溪流》上面。考上武大后，你写了不少散文诗，一些散文诗作品在《大学生》《湖南文学》等刊物发表，被《青年文摘》等报刊转载，在当时的大学生里很有些影响，到现在还有人记得。你现在好像不写散文诗了，当时为什么这样执着写散文诗呢？请谈谈。

**李少君：**我最早开始写的是散文诗。其实只是我很小的时候，主要读唐诗宋词，《唐诗三百首》《千家诗》有段时间倒背如流。后来，又因为偶尔的机缘，喜欢上泰戈尔的《飞鸟集》，还有何其芳的《画梦录》、丽尼的《鹰之歌》，后来，又喜欢上鲁迅的《野草》、波德莱尔的《恶之花》《巴黎的忧郁》，受他们影响，觉得散文诗这种形式很好。差不多到中学毕业，才因为读了老木的《新诗潮诗集》，迷上了现代诗。我初中一年级时就写了一首散文诗《蒲公英》，算是我的第一首诗。那是出于一种少年的淡淡的忧伤。我的故乡在湖南的湘乡，风物优美，抬头看得见东台山，裸足走过涟水河。记得当时是在一个山坡上，看到了蒲公英四处飘散，我就想它们最终会落脚何处呢？回去后就把这种感受记录了下来，写得简单，但里面有某种单纯的伤感的东西。后来，这首散文诗在长沙的《小溪流》杂志发表，打动了一些人，还获了奖，让我和叶君健等老先生在衡山开过笔会。这首散文诗仿佛是一种冥冥之中的暗示，也是一个预兆，后来我也远离故乡，在海南岛扎下根来。我读大学后，写诗有过一个爆发期，青春的冲动时期吧。写得比较好的还是散文诗，《中国的月》《中国的秋》《中国的爱情》系列在《大学生》《湖南文学》等发表，《青年文摘》等转载过，在当时的大学生里很有些影响，现在还有人记得。当时的华中工学院，就是后来的华中科技大学，举办了一次全国性的大型文学展览，还把我的一首散文诗登在了世界著名诗歌的展板上。我1994年出的第一本书《岛》，就是我的散文诗的结集，主要是大学期间写的散文诗，也包括后来参加工作写的一些诗。这本书是张承志写的序，他可能对我寄予很大的希望吧。当时张承志比较认可我，大概觉得我比较有热血，或者是说有理想。早年对散文诗有一种痴迷，这开启了我的文学之路。

**吴投文**：散文诗在新诗研究中似乎比较边缘化，往往被研究者忽略。我总觉得散文诗这一概念显得很勉强，在文学史研究中似乎也没有独立的价值，可能归为散文更为合适。这只是我个人的想法而已，不知你是否认同？从你的写作经验来看，你觉得散文诗与"正规"的分行诗歌在文体上有什么差异没有？

**李少君**：不管是散文诗还是分行的新诗，共同的特点是要有诗情、诗意，没有诗情、诗意就不能称为诗歌。诗意是诗歌的本质特点，分行也好，不分行也好，有了诗意，就具有了诗歌的特点。毫无疑问，散文诗也是诗歌，不是散文。不过，在中国的古代文学传统中，并没有散文诗这个概念，散文诗是在新诗诞生之后才出现的一种文体，可以称之为新诗的一种"亚文体"。这一"亚文体"是对新诗文体的一种拓展和丰富，同属于新诗"大家族"。所以，我不认为把散文诗"归为散文更为合适"，在文学史研究中也具有独立的价值。相对来说，散文诗兼具散文的优点，在形式上看不分行，看起来像散文，但其内核却是诗意。实际上，散文诗有众多的读者，作为一种文体的影响力也很大。

**吴投文**：武汉大学有深厚的文学传统，你在武大新闻系读书时，正是武大校园诗歌写作最活跃的一个时期。那也正是20世纪80年代大学生诗歌运动如火如荼的一个时期。因武汉大学坐落于美丽的珞珈山，当时武大的一些学生诗人自称"珞珈诗派"，你是其中的一位重要发起者和活跃分子。2017年11月19日，在你和余仲廉、吴根友、王新才、涂险峰等人的推动下，"武汉珞珈诗派研究会"在武大珞珈山庄成立并举行了第一次代表大会。我也参加了这次会议，见证了几代"珞珈诗派"诗人共聚一堂的情景。请你回顾一下"珞珈诗派"发起时的情形。相对于其他高校的大学生诗歌写作，"珞珈诗派"有什么独特性没有？

**李少君**：我是1985年考入武大新闻系的，那正是文学非常活跃的一个时期，文学甚至在社会生活中占据了中心位置。武汉20世纪80年代是一个文化中心之一，哲学、艺术、文学等等都出了不少人，全国各地来这里交流、访问的人也很多，表现之一是那时讲座特别多，而且很开放，讲什么的都有，我听过很多。武汉大学是20世纪80年代高校高教改革的典范，校长刘道玉是一位教育改革家，现在大学里常设的学分制、插班生制、转系制度等等，都是从他开始的。后来学校还鼓励本科生、研究生自己开讲座，我就是比较早讲的，好像是全校第二个吧，是学生会组织的。我讲的是"第三代"诗歌，还很轰动，教室里挤得水泄不通，我们班上也有不少同学去听。那时的文学盛况可见一斑，至少半数以上的大学生都写诗，大家有一种亢奋的文学激情。

当时很多人对什么是"第三代"还不了解。全国各地的诗人来武大也比较多，武大本身的诗歌氛围就很好，前面有高伐林、王家新等诗人，陈应松、林白他们以前也是写诗的，后来才写小说。武大很早就有个"樱花诗会"，一直延续到现在，影响很大。当时一些老诗人像曾卓他们每年都来。到了我们八五级，我和中文系的洪烛、陈勇、张静，新闻系的孔令军、黄斌，法律系的单子杰等又发起了一个"珞珈诗派"，理论上主要是我写文章，点子也是我出得多。"珞珈诗派"并不是一个文学社团，而是把武大校内各个文学社里写诗的人集结到了一起，当时就颇有一些声势，初步显露出了"校域性"诗派的特征。《武汉大学报》当时的编辑张海东老师是一个有诗歌情怀的人，他对武大校园诗歌的推动倾注了很大的热情。我至今记忆犹新，1988年《武汉大学报》曾连续五期以五个整版连载了我的诗歌评论。当时很多老师都知道我，说你就是李少君啊！当时的《武汉大学报》是一张对开的小报，没有现在的报纸那么大，此后还陆续推出了其他几位武大校园诗人的专版。珞珈诗派的出现与武大当时开放的校园文化环境有关，也与当时文学的整体活跃程度有关。

**吴投文**：你大学毕业后，去海南当了记者，后来很长一段时间都做媒体工作。我注意到，在当时的武大毕业生中，很多都去了北京、上海、广州这些大都市，也有不少留在了武汉工作。你的选择在当时好像有点特殊。当时为什么选择去海南工作？可否谈谈？

**李少君：**其实，我学新闻系跟我的文学理想是有关系的，因为我一直认可一句话：读万卷书，行万里路。"读万卷书"靠自己，但是"行万里路"要有客观条件，80年代能行"万里路"的只有记者，不像现在大家有点钱想去哪就去哪，交朋友也很方便。那个时候你出去一趟是一个很大的开支，特别是要去更远的地方，对一般人来说就是一件很大的事，所以当时我就想，要搞文学就要先行"万里路"，就要当记者，就要去新闻系。当时新闻系的考分是比较高的，别的学校我不知道，但是武汉大学新闻系的考分是全校第二，在当时仅次于国际金融专业，中文系的考分相对还是低的。当时我选择新闻系，我的考分是没有问题的，当时我比武大中文系湖南学生的考分都要高一些，学新闻就是出于"读万卷书，行万里路"这么一个想法。

我最早的想法不是去海南。我在大学的时候写过一篇散文《到西部去》，当时我想去像新疆这样的地方，觉得比较浪漫，有种理想主义的东西鼓动我。80年代有一批大学生去西藏，像马原就是，也有一批去新疆的。当时我想去新疆。到我快要毕业的时候，就传海南要建省，觉得去海南更好。为什么海南更好？第一，它也是一个很远的远方，有一种很独特的景象；第二，符合当时的时代潮流，寻找自我价值，海南建省时出现了一个"十万人才下海南"的潮流，很多人想去海南。第三，我是一个有冒险精神、创业精神的人，觉得去海南更合适，海南不是一穷二白吗？正好画最美最好的图画。大学期间，我在北京待了两个月，在广州也待了将近一个多月，也去过别的一些城市。客观地讲，当时的北京、广州不像现在这么热门。现在很多资源集中在了这些特大城市，但是80年代的时候，这些资源还是比较分散的，跟现在的状况是不一样的。现在很多人就觉得去这些热门城市是第一选择，但那个时候真不是这样的，那个时候选择还是比较多。海南代表了那个时代的潮流，那时正是计划经济向市场经济转变的阶段。现在的人有点难以理解这个，但那个时候你敢去海南，去深圳，需要一点勇气和冒险精神。我觉得去海南，更符合我这种人的特点，我是一个喜欢独自创造一片天地的人，就选择去了海南。

**吴投文：**你去海南，当时家里人反对吗？

**李少君：**这不用说，我去海南是不顾一切去的，当时家里很反对。当时海南的《海南农垦报》到我们学校要人，我也报名了，我觉得既然已经选择了这个地方，去什么单位无所谓。农垦在海南很特殊，是海南最大的国营单位，海南四分之一人口、六分之一的土地都是属于这个地方管。海南在历史上是广东的一个行政区，当时叫"地区"，当时农垦的地位比"地区"还高。当时选择去海南，符合我浪漫、冒险、喜欢自我创业的特点。到海南后，我有同学到了《海南农垦报》，我去了《海南日报》。

**吴投文：**当时是不是还怀有一种文学梦呢？

**李少君：**还不仅仅是一种文学梦。20世纪80年代整个的风气，是自我寻找、自我发现、自我实现，按现在的说法，带有个人英雄主义。当然，文学也是包含在里面的。在那个风气下，当时去海南的人还是挺多的，我们班就有三个，另外两个也去了农垦，但后来他们都离开了，又回到了湖北。条件真是太差了，六个人一间宿舍，跟大学差不多。我们去的时候海南才刚刚有红绿灯，以前都没有红绿灯，可见当时海南的艰苦。我是属于比较执着的人，不太在意生活的艰苦。我最初做夜班校对，后来把我搞到一个最偏的记者站去了。我虽然心里也有点不高兴，但也还可以随遇而安，自得其乐。因为我的想法是体验生活，"行万里路，读万卷书"，所以对外在的条件也不是特别在意，就这样在海南待下来了。后来，《海南日报》办了一个《特区周末》，当时《南方周末》有一定的名气，海南当时作为一个改革开放的前沿，觉得广州既然能办《南方周末》，我们就可以办《特区周末》。《特区周末》不是一个单独的报纸，是《海南日报》周末版，我作为筹备人员被选到了《特区周末》，但是《特区周末》没怎么办出影响，开始是每周四个版，后来我们负责的那个同志对这个事情没什么兴趣了，他就搞证券报去了，后来《特区周末》就停了。

在海南待下来之后，我经历了海南的大起大落。海南1992年、1993年是最辉煌的时候。辉煌到什么程度呢？我用一个数字你可能就能理解了，当时海南的房价最高已经达到每平方米一万，而当时北京上海的房价是每平方米一千，可见海南当时的疯狂。海南有一个南洋大厦，是渣打银行建的，当时就卖到了每平方米一万。当时我在《海南日报》的工资差不多已经有两千一个月，当时一个上海电视台的记者的工资是一百多块钱。现在来看，很多年轻人就觉得海南不怎么行，你怎么会去呢？我通过这两个数字就是想让大家体会一下当时海南是什么一个地位，那不是现在大家想象中的海南。当时，我有很多朋友做生意做得很好，比如我一个同学本来是投靠我的，住在我那里，结果过了一两个礼拜，他就搬出去了，自己租房了，再过一个礼拜，他就有办公室了，再过一个礼拜，他就租了一个楼了，再过一个礼拜，他就买了一部车了。当时海南有的人在很短的时间内，就变得极其的富有。但我没有去参与这些事，我的兴趣还是在文学，还是在文化领域。就在前段时间，我见到了海南省原省委常委、宣传部部长周文彰，他刚刚当选为中华诗词学会的会长。我一到海南我们两个就认识了，他1990年就到了海南，我1990年在《海南日报》当记者。我当时采访过他，见证了他从一个学者变成一个官员再变成一个领导的过程。他说，在他认识的人里面，也只有一直坚持在文化领域，坚持文学理想，正因为你这样的坚持，所以你走到了《诗刊》社。

**吴投文**：周文彰先生当时在海南做什么工作？

**李少君**：当时他从中国人民大学博士毕业，到了海南的社会发展研究中心。我们俩可以互相作证，我认识的人里面，也只有他一直坚持到最后，现在成为中华诗词学会的会长。他也说他认识的人里面只有我坚守文学，后来到了《诗刊》社。我们当时有很多共同的朋友，都是文学界、文化界的朋友，但很多人中间就离开了这个岗位。韩少功、蒋子丹是例外，韩少功他们去海南的时候已经很有名了。我和周文彰先生的情况相似，我俩刚去的时候是想打天下的，还属于一片空白。

**吴投文**：你有很长一段时间担任大型文化刊物《天涯》杂志的主编，这在你的工作经历中可能是一种特别的体验。海南偏居一隅，并不在文化中心，《天涯》却在全国产生了巨大的影响，尤其是知识分子特别喜欢这个刊物。《天涯》刊登了很多有深度、很专业的文章，也发表文学作品,其中也包括少量诗歌作品。《天涯》杂志在你主编期间,对选择发表的文学作品有什么特别的考量没有?

**李少君:**《天涯》是由韩少功领头创办的,一开始就办得很成功,一个很重要的原因是他把他们那一代最优秀的人集中到了《天涯》。他们这代人真正产生全国性的影响是跟"人文精神大讨论"有关的,大都是"人文精神大讨论"的发起者和主要参与者。实际上,这些人主要属于知青一代,有陈思和、王晓明、黄平、戴锦华、汪晖、张承志、韩少功、张炜、史铁生等人。《天涯》一开始产生影响,其实成了知青一代的一个主要展示平台,到了后来,慢慢地变成了一个全国性的思想文化讨论的大舞台。说到文学这块,《天涯》当时在文学界是一个新的杂志,虽然有一定的影响,但思想文化是主导,文学方面并不突出。当时著名的作家给《天涯》稿子的时候,按我们的分析,不会给最好的稿子,他们会把最好的稿子给《人民文学》《收获》《上海文学》这样的杂志。《上海文学》在当时也很有影响力。后来我们就在文学板块开始力推新人,这样奠定了《天涯》在文学界的影响。现在回过头来看,我们推出的新人都证明是非常优秀的,举几个例子,比如刘亮程、艾伟、葛亮等作家,他们早期的代表作都是发在了《天涯》上。《天涯》也推出了更年轻的一代,像打工作家王十月、青年学者杨庆祥、青年作家徐则臣、青年诗人雷平阳、江非等人,包括后来肖江虹、朱山坡、张楚、黄灯,等等。我们这个文学板块主要面向年轻人,对有名的作家反而更严格,有的著名作家主动投稿子来,如果达不到我们的质量要求,我们还是会退稿。记得当时残雪就抱怨《天涯》退过她的稿子,其实那时残雪声名已经很大了,但我们觉得残雪投的稿子不是太好,不是她最好的,就没采用。《天涯》在这方面是做得非常有力的。

《天涯》发表诗歌不多,基本上都是我这一代人的诗歌。当时我主持这个栏目,第一次重点推的几个诗人,陈先发排在第一,然后是杨健、伊沙、侯马、宋晓贤等,更年轻的也有,像凌越。当时我们推出新人的意识很浓,为有创作潜力的新人铺路,要求也非常严格。现在散文界比较活跃的作家,基本上都与《天涯》的推荐有关,当时江西青年作家的散文很优秀,我们就给江西的青年散文家专门做了专辑,包括李晓君、江子、傅菲、范晓波、陈蔚文,等等。为什么现在那么多的人说起《天涯》非常感激,这与当时《天涯》的力推有一定关系。他们当时是年轻一代的作家,还需要扶持推荐,现在已经成了文坛中流砥柱的一代。

**吴投文**:你被称为"自然诗人",尽管这个称号可能并不完全合适,会对你的整体创作形成某种遮蔽,但也概括了你诗歌创作的基本主题和艺术追求。从你的诗歌来看,你对自然怀着一种全身心投入的迷恋,往往从自然中体味出人生的诗意,抒发人生的独特感受。你长期在海南生活和工作,这里环境优美、空气清新、植物繁茂,你看待自然的眼光和创作风格的形成是否受到了你在海南的生活环境的影响?

**李少君**:在海南生活过的人都知道,海南就是一个大花园,一个大植物园,即使生活在城市里,比如海口三亚,也像是藏身在一片林子里,到处都是花草树木。从我们家的阳台和窗口看出去,经常看不到什么人,只有郁郁葱葱的树叶。以致海口有些小区出现偷盗,派出

# 李少君双语诗歌选
Li Shaojun Selected Poems

所的解释是树木太多，好藏身。所以，我写自然，其实也是一种现实。我就生活在这样的现实中，我们家门前种有木瓜、荔枝和杨桃，甚至还种了黄花梨，后面种有南瓜和辣椒，当然这主要是家里的老人伺候的。但我看着这些，也很有喜悦感和骄傲感，感觉这些都是家里的一部分，那些树木就是家庭成员。经常还有松鼠在其中跳跃，我经常在家门口看看这些树。因此，我把自然作为一个参照作为一种价值是自然而然的事情。自然和我的内在是融合的，并没有多少冲突和矛盾。这些表现在我的诗歌中，可能就综合成了一种和谐的效果。

**吴投文：** 你在创作谈《我的自然观》中说，"我一直认为，自然是中国古典诗歌里的最高价值，自然也是中国人的神圣殿堂。这实质上是一种诗性自然观。我对自然的尊崇，与成长环境、生活方式乃至个人性情、思想认同有一定关系。我诗中的自然包含着对世俗生活的精神超越，表达一种社会性和公共性"。请结合你的创作，具体谈谈你的"诗性自然观"。

**李少君：** 在我看来，自然就是中国文化的最高价值。这是由几个原因导致的。一是古代的自然观，古代中国人就习惯以自然作为一切的最高价值和标准。比如汉字是象形字，文字与自然是对应的关系。老子说："人法地，地法天，天法道，道法自然。"有一种解释是这里的自然是一个时间概念，意思是自然而然，还是一个空间概念，意思是人们的行为都是参照自然的。道就是规律，世界的规律就是以自然为参照的。比如苏轼说："月有阴晴圆缺，人有悲欢离合"，可见人的情感是参照自然的，尤其是中国古代那些神，什么雷神、龙王等，完全是以自然作为基础来构思的。所以这里的自然具有时间和空间的双重属性。而中国文化因为是建立在象形字的基础上，就更能看出自然对中国文化的影响了。象形字里本身就藏着自然，是具有实指性的。因此中国人不需要经过学习，有些字如"日""月"等也能认识，而拼音文字是做不到的。所以在中国，人们学习文字也就是向自然学习，模仿自然。但文字毕竟不完全等同于实体，所以文字又有虚拟的一面，也可以说是超越性的一面。比如"月"这个词，不仅指月亮本身，还是美好的朦胧的象征。此外，汉字还有重组变化的能力，可以说最合适与时俱进。比如两个古老的汉字，"电"和"脑"，一结合就成了最新的高科技词汇，这是汉字的一个能随时代变化的优势。

所以我写自然的时候，并没有过多去考虑什么抵抗扭转之类的想法，我只是写出我的所见所闻，所思所感，写出我的真实体验和感觉。但无意中，这些也许被早已现代化大都市化和观念化的当代人觉出其中的新奇之处。也许，除了生活空间环境的差异，那可能更多是一种地理的差异。海南历史上常被中心忽略，但这些年常常成为某种领先模范，比如其生态优势，还有海洋文明。中国历史上经常在陷入困境时，往往是地方带来新的创造力和活力。这正是中国文化的迷人之处，地方的多样性差异性，让中国文明得以新生，就如孔子早已说过的："礼失，求诸野"，海南这样的地方，历史上就是"野"，但正因为这个原因，保留了良好的生态和淳朴的人情，无意间成为人们又要追求的生态模式和生存方式。何况历史上，中国的文化中心是一直在变动的，唐代是西安，宋又到了开封，后来又是江南，后来又到北京、上海等。边缘与中心，一直相互支撑，相互转换，相互滋养，中国文化也因此得以不断自我更新。

# 李少君双语诗歌选
*Li Shaojun Selected Poems*

其实现代人都热爱自然向往自然，比如每年几千万人到处旅游、游山玩水，就可看出来，现代人并不反感抵制自然，在现代生活体制下，他们有一定被迫性，被现代生活方式绑架了，他们在无奈之余也会逃离或反抗。我的诗歌在城市里有很多读者，而且很多是高级白领，是离自然似乎最远完全城市化的一些人，也能说明这个问题。他们工作在城市，生活在别处，心在别处。人在自然之中，内心就获得了定力，也很容易产生诗情。自然是与诗联系在一起的，这也是中国诗歌的一个传统。到了现代，人与自然产生了距离，但可以在诗歌中体验到自然赋予的灵性，使心灵沉静下来。

**吴投文：**在你所写的大量"自然诗"中，往往包含着某种神性的内涵，这也构成了你创作的一个显著风格特色。离开了神性的"自然诗"，会陷入单纯的对自然照相式的描摹，会显得内涵单薄，无法获得一种提升性的力量。自然神性作为一个有效的创作切入口，在中国新诗中并不少见，如昌耀的诗歌就在阔大的西部场景中寻找一种至高至善至美的自然神性，并转化为一种极具风格性的写作形态。在你的创作中，自然神性也是一个重要的精神维度。我觉得，这与你本人的个性气质是交融在一起的，表现出了一种趋赴天真的审美理想。你是有意识地追求这种风格形态和审美理想，还是无意识地形成的？请谈谈。

**李少君：**在我看来，"神性"代表一个超越的维度，我写的"自然诗"就有一个"神性"的维度，但也并非仅仅如此。我写过一篇文章，其中谈到人性、自然性、神性三者缺一不可，这三者是相互联系的。作为一个人，人其实在天地之间应该有个位置感，按哲学的说法就是，你这个位置感相当于是在自然性与神性中间，便是人性。自然性是一个原始的东西，人要清醒地认识到你是高于自然的，当然也不叫高于自然的，你是与自然有区别的。但是你不能使自己陷于一种无所不在、无所不能的幻想之中，如果这样就会走向自我狂妄、人定胜天等，这些是不对的。所以实际上这个"神性"是中国文化中一个重要的维度，中国"中庸之道"讲"中"，"中"就是在天和地之间，而天和地之间就是人，其实中国文化里面，无论是儒家还是道家，其实有大量的关于人的清醒的自我认识。所以讨论这个，我觉得我们的问题，就是特别现代之后，在科学主义的指导下，人往往忘记了还有一个更高的存在，这也是海德格尔说的，一个更高的维度。人有了一种僭越感，所以人后来变得很狂妄，认为自己无所不能，对待自然也很粗暴，也没有一种清醒的自我认识，也没有一种感恩的心理，就会出现很多的问题，现代性的问题。所以现在很多人，包括海德格尔，对这个问题有所反思。于我而言，我比较注意这个问题，也不能说是有意识的追求，我觉得自己本身是在不断地学习与领会中，越能感受这种保持人的自我认识的重要性。

**吴投文**：在中国新诗史上，表现自然山水的诗作并不少见，也有以创作山水诗为特色的诗人，比如山东诗人孔孚，他的诗集《山水清音》《孔孚山水诗选》受到了读者的喜爱。你认为中国现代山水诗有什么特点？你的诗歌是否受到过中国现代山水诗的影响？

**李少君**：说到山水诗这个话题，我觉得现代山水诗的本质也还是视野与境界的问题，中国古代的山水诗也是如此。在中国的古典社会，魏晋、唐代的山水诗比较发达。到了唐代，因为社会开放，人们活动的范围越来越广，视野越来越开阔，山水诗的发达与中国传统诗学对境界的重视有一定的关系。"会当凌绝顶，一览众山小"，你看得越多，走得越多，视野与境界就会不断地提升。中国人对境界是看得很重要的，那么，境界是一个什么样的概念呢？"境"这个词最早是指音乐的停止之处，这是其最古老的意思，后来是作为"边境、边界、界限"的意思来理解，比如"国境"。但是到了佛教中，开始把"境"作为一种精神空间，唐代僧人圆晖有个说法"境，乃心之游履攀缘处"，意思就是指你的心的活动空间。在王国维这里，境界就变成了一个精神层次的概念，境界就是一个人的心灵品位精神等级。有大境界，才能有大诗人。而精神层次是不断自我超越的层次，是可以不断追求的。

一般而言，中国文化是一种自我超越的文化，因为我们没有外在的上帝、外在的神，没有这个外在的维度。我们是通过自我不断地修养、不断地学习，不断地提升自我的境界，来不断地认识世界、自己和他人。这符合人本身的发展规律。每个人都是从小学到中学，中学到大学，肯定视野是越来越开阔。当然，也有的人不求进步了，精神层次就会慢慢地衰落。如果你是一个不断追求进步、不断追求提升的人，你可以慢慢地达到类似冯友兰先生所说的"天地境界"，成为宇宙中的一员，"人与天地参"，"天人合一"，可以参与天地的创造。当然，只有极少的人才能达到这个境界，比如杜甫。天地境界是很有价值的，为什么呢？因为人的一生都在不断地追求中，也可能你的功业到这个程度，还没有达到你满意的状态，你就已经去世了，但是你的人生是在奋斗，你是充实的，你的人生是有意义的，你是幸福的，你是满足的。

**吴投文：** 中国古代的"境界说"也影响到了现代山水诗。王国维论词，对这个理论作了总结。他说："词以境界为最上。有境界则自成高格，自有名句。"孔孚的山水诗就有境界，写得非常凝练，也有名句。

**李少君：** 中国现代山水诗中，我对孔孚的诗没怎么读过，不是很了解，我也没有有意识地追求山水诗的写作。我更早是受中国古典诗歌的影响，从中国古典诗歌中得到启发。另外，可能存在主义之类的学说，在美学上对我产生过一定的影响。当然，在社会学层次上，马克思主义学说肯定对我产生过比较大的影响，存在主义对我的创作产生的影响主要体现在美学意义上。

存在主义与中国其实关系密切，为什么中国容易接受存在主义的观点呢？人生的意义判断、价值判断，包括个人的价值，是根据你做过什么事，而不是根据你说过什么决定的。存在主义在某种意义上是一个行动的理论，与我们儒家学派的"知行合一"很相似。当然，你所做过的事包括很多方面，不是单一的，比如你的事业成就、社会影响、个人品质、创作成就等。人的一生处在一个不断的自我生成中，一种不断的自我选择之中，这与我们所谓的不断实践、提高修养、自我超越很相似。

其实，我并没有一个明确的现代山水诗的概念，我更多的是受中国自然价值观的影响。而且，我一直有一个观点：中国古代诗歌为什么这么伟大？因为中国古代诗歌有一个传统，即文史哲合一。比如杜甫的诗歌，不仅仅只有文学性，我们为什么叫它"诗史"？因为它有历史性、历史感,同时它还包含很多的哲学意义、哲理在里面。这个是我们当代缺乏的。一般人把杜甫看作是儒家的美学代言人。客观地讲,我们现在还没有一个诗人能够达到文史哲融合的境界,应该说,五四以来都没有过。在古代是有的,几位伟大的诗人达到了文史哲融合的境界,李白是道家美学的代言人,他就是一个道教徒,他的浪漫主义有道家美学的内核。王维是禅宗,他的山水诗具有禅宗意味。

我们现在的诗歌为什么不能像中国古代的诗歌产生那么大的影响?显而易见,读中国古代诗歌可以读到很多东西:第一,是它的情感;第二,是它的文学性;第三,是它的历史感;第四,是它的哲学意义。但是,我们现在的诗歌还是很单一,或者说,一位诗人有时候有点情感或感受,但是没有很深的哲学性,或者没有很深的历史感。这就不能成为某一个学说、某一种价值、某一种思想的代言者。我觉得,这是我们当代诗歌、当代文学的一种匮乏。

**吴投文**:作为一位诗人,实际上你的写作并未局限于诗歌,还出版了小说集《蓝吧》,写了大量的散文随笔和诗歌评论,好像在不同的阶段有所侧重。请谈谈你的小说创作,是怎么写起小说来了?

**李少君**:海南当时经过了一个大起大落,这个大起的过程我是亲身经历了的,我觉得以后可以写成一本很好的书。其实,关于我所经历的这个大起,很多事情我都写成了小说。当时我出过一本小说集《蓝吧》,也写过一个小长篇《我到底在哪里错过了你》,发在那个《特区文学》杂志上面,大概有九万字吧。这个小长篇记录了我当时经历的大起,但我写这个小长篇是在开始大落的过程中写的。当时海南的这个大起大落,大起的时候人特别多,全国各地的人蜂拥而至,我每天忙个不停，很多人来找我。我那时在《海南日报》，别人认为我来了就站稳了脚跟。很多人包括做生意的、找工作的，都来找我，还有一个好处就是在我这里可以得到信息，因为我是个记者，联系比较广嘛。

我印象中，海南应该1994年左右开始大落，当时全国进行金融调控、金融整顿，整顿海南的金融。面对大潮退去之后的安静，我有很多的感受、感想，我就开始写小说了。所以，在1994年、1995年，特别是1995年，我写了大量的小说。1996年、1997年，我一下在全国的刊物，包括《人民文学》《上海文学》《特区文学》《山花》等刊物上发表。我的印象中，一年就发了十几个中短篇小说。在这个写作过程中，我产生了很多人生的困惑和苦闷，一个年轻人经历一个高潮，突然跌落到一个低潮，心里落差很大。从这个时候开始，我对哲学产生了浓厚的兴趣，一方面通过写小说让自己的情绪得到了一个排解，或者说是发泄和诉说。另一方面，开始寻找所谓的人生价值、人生意义。这个时候我正好接触到了几个在海南的哲学家，比如和张志扬就联系比较多。那个时候我比较系统地看了一些哲学书，非常多，包括我们现在还常常说起的萨特、海德格尔等人还有后现代的一些哲学家的哲学著作。虽然我在大学时也读过，但大学读的时候是草率地看过一遍。这个时候开始有了一些人生经历，就比较读得进去，跟以前读不一样，以前读是比较纯粹的学术性阅读，在自己经历了一个大起大落之后，就读进去了，有了自己的体会，包括张志扬本人的书，我基本上都看过。

**吴投文**：也请谈谈你的散文随笔写作。

# 李少君双语诗歌选

**李少君**：韩少功在 1995 年底开始筹备《天涯》，1996 创办了《天涯》。因为他比较熟悉我的情况，就建议我兼个职。有一次，他问起我诗歌界的情况，因为我一直与诗歌界有联系，中间有一段时间写小说。现在回顾起来，在海南那个大起的阶段，我写了很多鼓吹性的文章，鼓吹新的白领文化，鼓吹所谓新的价值观，很有煽动力。实际上，我那时写的就相当于时评和随笔。当时，我开了几个报刊专栏，比如在《海南青年报》开过专栏。后来我出过一个随笔集《南部观察》，收入了发在这些报刊上的专栏文章。刚才说过，我的第一本书《岛》是张承志作的序，《南部观察》是韩少功帮我写的序，后来就再也没有找人写过序。

到《天涯》之后，我开始对哲学、对思想感兴趣。这和刊物的定位有关。做《天涯》杂志要有思想、哲学方面的知识背景，要对这些熟悉才行，也要了解国内最新的思想动态、学术动态，所以当时我跟中国思想、文化、社会、人文学科这一块儿的人有广泛联系。当时我读的书非常广泛，经济学、法律、社会学的书我都读。胡塞尔、哈耶克、弗里德曼、布罗代尔、波伏娃、巴迪欧、朱苏力、汪晖、黄平、温铁军、刘禾、戴锦华等的书，我都读过。历史的书就不用说了。我经常开玩笑说，当时重点大学的文史哲方面的教授没有我不认识的，有的是见过面，有的是通过各种方式打过交道。包括北京大学召开核心价值观研讨会也请我参加，也做发言。后来哈佛大学燕京学社等也请我去参加过一些研讨会。还参加过"亚欧人民论坛""世界和平大会"一类的会，我每次都兴致勃勃，充满好奇心和激情，想去了解更多的知识、更多的国家和人民。那个阶段想起来很有活力，也充实，一是读书很多很杂，二是真去了不少地方，美国、德国、法国、印度、越南、菲律宾、比利时、斯里兰卡等，三四十个国家吧。我还写了不少读书笔记、思想随笔之类。

**吴投文**：你的散文随笔主要发在哪些报刊上面？

**李少君**：当时有个杂志《东方》，可能你不太了解，当时这个杂志很有影响。还有一个杂志《方法》，办的时间都不太长，大概两三年就停办了。另外还有《书屋》《文汇读书周刊》《中华读书报》《南方周末》《文论报》，我都在上面发过随笔。在《文汇读书周报》上发得最多，一年发了将近二十篇。我那时可能写了两百篇左右的读书随笔，后来出了两本书《文化的附加值》《在自然的庙堂里》，有很多就是从这些报刊发的随笔里选的。但客观地讲，这些思想随笔相当于我当时阅读的杂记，不太系统，我当时也没有什么学术野心，只是因为自己陷于困惑之中，就去阅读，读了之后有一些感受，我就把它记录下来。包括我当时写的经济学随笔，还有讨论法律问题、女性主义、女权主义问题的随笔，有一部分收录在《文化的附加值》里面。20世纪90年代中期进行"人文精神大讨论"时，我也写了好几篇讨论文章。

你刚才说我的写作在不同的阶段有所侧重，实际上并不是有意这样的。按现在的说法，我是一个被问题意识引导的人，有什么问题我就去想解决什么问题，并不是事先有什么规划，并不是每个阶段有意有所侧重，而是一个自然而然的过程。所以，别人说我是一个"自然诗人"，包括我的为人也是这样。我做事情也是这么一种做法：只问耕耘，不问收获。这个事情要做，我会很认真地去做，但这个结果可能是不成功的，我也无所谓，因为我尽力了。曾经跟我同过事的人也说，李老师这个人挺好的，很多事情他也不是非得做，但是他会很认真地去做，最后没成功他也就算了。当然，能成功最好，但是很多事情也不是你个人的能力能左右的。

**吴投文**：在你的系列理论文章《草根性与新诗的转型》《草根性与新世纪诗歌》《诗歌的草根性时代》《草根性——当代诗歌上升的动力》《关于诗歌"草根性"问题的札记》中，你提出了新诗的"草根性"这个重要命题，形成了一个"草根性"诗学的基本框架。你的这些文章眼界开阔，自成体系，对21世纪以来的诗歌状况有非常深入的观察和思考，从中可以发现21世纪诗歌在多元化的格局中所显露出来的强劲生长态势和其中隐含的危机。你还编选了《21世纪诗歌精选（第一辑）·草根诗歌特辑》等诗选，在实际操作层面为"草根性"写作推波助澜。你提出的"草根性"是否包含有呼应新诗史上现实主义写作的意图？是否也包含了你对新世纪诗歌写作的某种预期？请谈谈。

**李少君**：我写了几篇文章阐述"草根性"，已经说得相当清楚了。这个想法源于我对新诗史的整体观察，也源于新诗现状的触动和未来预期。我说的"草根"，是一个形象性的说法，更多是强调一种自然自由自发自觉的状态，强调立足于本土的原创性。面对被西方笼罩的当代诗歌状况，我们应该强调与中国本土对称的原创性写作，强调充满活力的写作。因此，"草根性"实际上包含四个维度：一，针对全球化，它强调本土性；二，针对西方化，它强调传统；三，针对观念写作，它强调经验感受；四，针对公共化，它强调个人性。"草根性"

并非诗歌的最高标准,只不过是对新诗的一种基本要求而已,就像当年惠特曼等人为摆脱英国诗歌的羁绊而强调美国诗歌的原创性一样。在我看来,"草根性"是诗歌的本体艺术自觉的必然产物,就像唐诗、宋词、元曲、明清小说的发展历程,就是每当文学从高潮走向低潮,面临僵化、模式化、八股化时,文学的本体自觉就会使之重回起点,再度"草根化",向下吸取地气,再度激活新的创造。

"草根性"既关联百年新诗的演变与发展历程,也关联新诗的现状与新诗发展的可能性路径:一,由于教育的普及,为新诗传播创造了极其有利的环境,21世纪以来兴起了一股新的"诗歌热"。这一次的"诗歌热"是从下而上起来的,有更广泛的公众基础,出现了大量的底层诗人,包括农民诗人、打工诗人。新诗历经百年,终于深入了中国最底层。二,网络及手机的出现,为诗歌的自由创造和传播提供了技术条件,提供了一个更大的平台。在理论上讲,一个深处边缘乡村的诗人和北京、上海、纽约的诗人可以接收同样多的信息和观念,进行同样多的诗歌交流。一首优秀的诗歌也可以在一夜之间传遍全世界。多媒体为诗歌的写作与传播创造了一个新的契机,提供了更多的可能性。三,新诗百年也是一个不断积累发展的过程,思想上、技术上都有明显的变革,再加上开放与全球化背景,当代汉语诗歌在短短四十年中大量吸取、消化了中国古典诗歌、西方现代诗歌,百年新诗也真正形成了属于自身的传统,现在已到了一个由量变到质变的阶段。我提出"草根性",主要还不在于呼应新诗史上的现实主义写作,但确实包含了对中国新诗发展的预期。

**吴投文**:目前口语诗写作有非常强劲的势头,尤其在网络上铺天

## 李少君双语诗歌选
### Li Shaojun Selected Poems

盖地，但争议也很大，褒之者和贬之者针锋相对，很难进行对话。另一方面是诗歌的晦涩化，一些诗人把诗写得晦涩难懂，普通读者抱怨不知所云，可能也就失去了读诗的兴趣。批评家唐晓渡说，"诗歌发展至今，日渐清晰地呈现两种发展方向：艰涩化和口语化，艰涩化可以艰涩到令人望而生畏的地步，而口语化则可以口语到'口水化'的程度，令人吃惊于诗歌品质下降的加速度。"(《唐晓渡：诗歌精神就是关注我们自身的精神》)你如何看待这两种写作取向？

**李少君**：关于诗歌的晦涩化与口语化问题，我觉得我们要回到五四这个起点去看，回顾一下胡适、陈独秀他们当时为什么反对清末时期已经僵死的文学，为什么要进行"文学革命"。其实，很大的一个问题是他们当时面临的问题跟我们现在面临的问题也很相似。陈独秀提出文学革命的"三大主义"，对整个封建旧文学宣战："曰推倒雕琢的阿谀的贵族文学，建设平易的抒情的平民文学；曰推倒陈腐的铺张的古典文学，建设新鲜的立诚的写实文学；曰推倒迂晦的艰涩的山林文学，建设明了的通俗的社会文学。"(《文学革命论》)随后钱玄同、刘半农等人也相继响应，"文学革命"形成了一定的声势。陈独秀反对贵族文学，提倡国民文学，这个任务我们现在也还没有完成，贵族文学也是我们要反对的，文学不能脱离大众；要反对山林文学，文学不能脱离现实，而要提倡社会文学，社会文学就是人生文学；还有一个是反对铺张的古典文学，提倡写实文学，主张现实主义。不管是当时还是现在，这些主张都具有现实意义。实际上，这也是我们现在的文学所面临的问题。文学永远是这样的，会从一个极端跳到另一个极端，到了一定的时候，我们又要开始反对另一个极端。可以说，中国当代文学四十年，也包括中国当代诗歌四十年，从早期和社会现实结合比较紧密，现在又开始到了一个象牙塔的阶段。现在一些诗人的写作有脱离社会现实的倾向，有些诗歌写得非常晦涩，这是不值得主张的，我们要从历史经验中吸取教训。早期新诗带有散文化、口语化的倾向，在艺术上确实存在不足，但也把诗歌从象牙塔中解放了出来，和现实、和大众有了更紧密的联系，无疑是可取的。

**吴投文**：与上一个问题相关，是诗歌写作的难度问题，诗歌界也存在很大的争议。有的诗人甚至觉得这本身就是一个伪问题，没有讨论的必要，认为一首诗的价值来源于诗人的真诚，而非来源于诗歌的难度。另一种声音截然相反，认为难度是诗歌写作应有的品质。比如诗人王家新就说，"真正意义上的写作也是一件有'难度'的事情。难度愈大，这种写作也就可能愈有价值。杜甫的《秋兴八首》，就是自觉加大'写作的难度'的结果。"（木朵《"对个别的心灵讲话"——著名诗人王家新访谈录》）他还说，"那种没有难度的写作，在我看来几乎一钱不值。"你如何看待"写作的难度"？请具体谈谈。

**李少君**：我是这么理解的，写作的难度应该是自然达到的难度，如果是刻意达到的难度，其本身就是不真诚的。比如，杜甫诗歌的难度就是自然形成的，并不是他刻意去追求的。当你表达一种复杂精神状态的时候，你的修辞手法肯定也是要复杂的，所以，我觉得问题的核心是"修辞立其诚"，诚是核心，刻意追求的难度显得不真诚，离开了作者的本心，也就离开了写作的本质。

不管是以前在《天涯》，还是现在在《诗刊》，我对诗歌的第一判断，按照废名的说法：有没有诗意在里面？就是有没有可以打动你的东西。说到底，诗歌的难度还是要体现出情感的力度，要感人。不感人的诗歌，再有难度和复杂的技巧，也没有意义。说得难听一点，就是卖弄和炫技。当然，在诗歌表达的过程中，情感表达到什么程度，与修辞很有关系，要表达得充分，肯定要调动不同的修辞手段。当然这个"情"不能简单地理解就是情感而已，也可能是情绪，是感受，感觉等等。

吴投文：说到当前的诗歌批评，好像很多人都不满意，不少诗人也有牢骚，认为诗歌批评滞后于诗歌写作，或者认为诗歌批评与诗歌写作显得有隔。当然，批评家好像也不满意，认为当前的诗歌写作就是这样一个现状，他们的批评实践是对称于这个现状的。当前的诗歌批评队伍主要由两拨人组成，一拨是"诗人批评家"，如于坚、王家新、西川、欧阳江河、臧棣、姜涛等，你也是其中的一位；另一拨是"学院批评家"，人数很多，主要是大学里从事文学研究和教学的教授和博士，一般受过严格的学术训练。"诗人批评"与"学院批评"的主要差异是什么？在你看来，一个成熟的诗歌批评家应该具有哪些素养？

李少君：说到诗人批评家，这个话题很有意思。最近很多评论家开始写诗，包括你本人也写诗，形成了一种现象。有这么一个说法：因为评论家们对当下诗歌不太满意，所以自己动手写诗。我觉得这是有道理的，大家对当下的诗歌写作不太满意。反过来也有另外一种说法：因为理论实际上做不下去了，所以评论家们开始做感性、感动人的东西。这个也是有道理的，特别是新冠肺炎疫情发生之后，所有的理论都无法解释，失效了，你用任何一种理论解释当下，都是无法解释的。以前单纯的一套，左或者右的理论，对于当下都是无法解释的。这次疫情出现之后的很长一段时间，包括欧美哲学家都遭到了老百姓的嘲笑，很多人发表的言论都让人觉得很可笑，完全与老百姓的感受不一样。我觉得，我们开始又回到了一个感性的阶段，但感性的阶段经过一段时间的沉淀后，又会回到理性的阶段。我觉得，我们当下这个阶段的感受其实适合当下文学与诗歌的状态，面对疫情，你除了能表达感受，你还能干什么？无法从理论上去把握它。客观地讲，既有一定的独特感受，又有一定的哲学或者思想深度的诗人，有可能在这一阶段成为比较好的把握时代的创作者。这是有可能的，诗歌写作与诗歌评论都需要一种综合的素养。

**吴投文**：你长期从事编辑工作，在海南时担任《天涯》主编，现在是《诗刊》主编。《诗刊》在诗人和读者的心里都有很重要的位置，被看作"国刊"，在某种程度上起到了引领诗歌写作和阅读的作用。从你长期的编辑经验来看，好诗的标准是什么？这个问题实际上并不简单，往往过一段时间又被拿出来讨论，众说纷纭，莫衷一是，在各种歧异后面纠结着人们对新诗的复杂态度。我注意到，现在一些诗人和批评家提倡"好诗主义"，认为诗歌作为一种具有审美理想的艺术形态，应该讲究艺术性。这本来是一个常识，却作为一个问题提了出来，这可能反映了对新诗写作的某种焦虑。也请你谈谈。

**李少君**：作为《诗刊》来说，肯定要求比一般的刊物要高，作者要有一定的基础，也要有创新的意识。实际上，一首好诗离不开这两点。包括"青春诗会"，对创新也是鼓励的。冯友兰在西南联大纪念碑的碑文里引用了《诗经》里的两句诗："周虽旧邦，其命维新。"中国是一个既古又今,亦新亦旧的国家,周朝虽然是个旧邦,但是它的天命是维新的。中国文化对创新意识还是包容和鼓励的,这也是我们的文化传统,对创新是肯定的。诗歌写作的本质要求创新,单有青春期的激情还不行,还要有写作上的沉淀。真正伟大的诗歌往往是诗人中年以后才创作出的。海子的诗歌永远是"青春诗",他还不能叫一个伟大的诗人,可以说是天才般的诗人,但还很难说他伟大,因为他没写出过像杜甫那样的诗歌,他的诗歌是一种"青春诗"。对于年轻诗人的肯定,包括大家对"青春诗会"的肯定,也是肯定青春代表着创新,代表着活力,实际上是对创新与活力的肯定。一首好诗是多种因素构成的一个综合体,应该包含创新的因素,也要体现出创作的活力。一位诗人没有创新意识,没有创作活力,只知道因袭传统,或跟在国外的写作潮流后面亦步亦趋,或满足于自我重复,那是没有出路的。

**吴投文**:很多人都相信这样一个说法,认为诗歌是青年人的事业,诗歌写作本身是内含青春性的。可能诗歌写作与年龄并没有必然的联系,实际上也没有文学史的充分依据,但作为一种发展态势来看,青年人到底是诗歌写作的后备军和主力军,是诗歌文化的传承者。《诗刊》一向重视青年诗人的培养,如定期主办"青春诗会"等品牌性活动,你担任《诗刊》主编之后,也采取了很多措施扶植和推进青年诗人的写作。请你谈谈当前青年诗人的写作。

**李少君**:新一代青年诗人,我觉得他们有个特点,就是他们普遍完成了充分的高等教育,受教育的程度很高。他们诗歌创作中的语言文字、修辞角度都是做得很好的,他们缺少的是人生的体验。可能他们写出真正优秀的作品，要到他们有了较为充分的人生经验之后。我年轻的时候也是这样。我开始写小说，是在有了大量的人生经验之后，这样我才能写出小说来。我们经常说小说要写好，必须有一定的人生经验才能写好。对于诗，青春诗中有一种纯粹的抒情也能打动人，但是要成为一个伟大的诗人，还是要有深刻的人生体验。现在青年诗人的起点，或者说他们的素养比前几代都强，但是还有待他们积累丰富的人生经验，才能达到一定的高度。

**吴投文**：自新诗兴起之后，旧体诗词写作基本告别了主流文化舞台，很长时间主要作为一种个人喜好处于"潜在写作"的状态，终结了其"古典时代"的荣耀。近些年来，社会上兴起了大规模的旧体诗词创作热。据一个统计，说是写旧体诗词写作的人超过了写新诗的人。这只是一个大致的估计，不一定准确，但也可能说明了一个问题，旧体诗词是有根的。《中华诗词》《中华辞赋》等专门性刊物集结了大批颇有造诣的旧体诗词写作者，起到了推波促澜的作用。另一方面，这也从一个侧面反映了新诗的某种处境，新诗可能仍然缺乏广泛的文化认同。随之，当代旧体诗词入史的问题也被提出来了，旧体诗词要在中国当代文学史中占一席之地，甚至要与新诗平分秋色。这在学术界引起了很大的争议，赞成的和反对的当然都有一大堆理由。你如何看待这个问题？请谈谈。

**李少君**：关于新诗、旧诗的问题，现在确实成了一个话题。旧体诗现在又开始热起来了，为什么呢？这些年兴起了国学热，很多90后青年诗人的旧体诗写得很好，人数也非常多。大学里面也有旧体诗社，像武汉大学的春英诗社，全是写旧体诗的，非常活跃，也获了很多奖,"中华好诗词"冠亚军都是武汉大学的学生诗人。诗词是中国文化的一个基因,我们不能脱离这个基因。五四早期新诗的很多诗人想推倒旧诗,完全创新,实际上是不可能的。反而新诗中包含了这个基因,作品是相对成功的,卞之琳就比较典型。客观来说,卞之琳虽然写的新诗不多,但他的一些新诗现在成了"经典"。我经常说,卞之琳的《断章》和任何唐诗宋词放在一起都不差。穆旦的诗就没那么好,他的诗有开阔性,对很多人也有启迪,但没有经典诗作。穆旦的诗不过是精在语言上面,比如《冬》这样的诗,仔细看还是太简单了,也不是说不好,但"我爱在淡淡的太阳短命的日子",跟歌词差不多,不够经典。当然,穆旦对整个新诗的启发还是很大的,他是一个重要的诗人。卞之琳的《断章》,即使过了五百年、一千年,还能经得起考验,无论修辞、语言、所表达的感受性、浓缩度都是很好的。但是,把穆旦《赞美》这样的诗和李白的诗放在一起,还是没有可比性。我觉得过于西化的诗人,包括穆旦在内,他们可能忽略了诗词是中华文化的基因,脱离了自身文化的基因去寻找完全新的东西,这是有问题的。卞之琳这一点保存得比较好。还有艾青,他有他的开创性,他的诗中也保留了中华文化的基因。所以,相对来说,艾青也经受住了历史的考验。虽然穆旦有段时间很火,但现在他的影响力明显不如以前了。艾青、卞之琳都经受了历史的考验。艾青有一段对朦胧诗有一点反感,很多人不理解。现在看起来,艾青还是比他同时代的那些诗人强。我曾和张清华、西渡有过一次讨论,我们都认为,最后真正算得上大诗人的还是艾青。郭沫若的诗有开创意义,但他的诗歌语言很经典吗?新诗史的一些问题现在大家还说不清楚,值得思考。

**吴投文**：你认为成为一个诗人最重要的才能是什么？我对这个问题比较感兴趣，我对接受访谈的诗人，几乎都问了这个问题。请你也谈谈。

**李少君**：简单地说，我觉得有两点，一是深情，一是敏感。我觉得，诗歌是一种"情学"，"情"是诗歌的初心、诗歌的根基，没有"情"就写不出来，一定要有深情。敏感就是对万事万物有细察，有眷怀，不隔膜，深入其里。我不知道别人怎样，我的体会就是每次出去走，都能在自然中得到启发。这符合我早期的诗歌理想，我一定要走出去才能写出诗来，我不出门就写不出来。在家里看书，可能会提高修养，但是写不出来，可是出去走，在路上碰到什么可能打动我的事物，就可以写出诗来。所以，我能理解为什么灵感是在路上得到的，不是说埋头在书斋里面就能得到的。深情和敏感也是一种能力，对写诗特别重要。

**吴投文**：新诗从1917年诞生至今，经历了整整一个世纪的发展历程，社会公众在谈到新诗的前景时，一般并不乐观，这与诗人的看法有比较大的差异。你如何看待百年新诗取得的成就？怎样看待新诗的发展前景？请谈谈。

**李少君**：说到百年新诗的成就，我觉得可能到了真正喷发的前期，有点像初唐到盛唐的中间，也可能是盛唐的前期，也可能还没到。我觉得是这样的。为什么我有这样的判断呢？第一，我们当代还很难说有李白、杜甫那样的大诗人，李白、杜甫那样的大诗人能处理好任何题材。现在我们认为王维是山水诗人，但他边塞诗也写得很好，表现出英雄气概。但我们现在没有这样的诗人，我们很多诗人，他在某方面可能很独特，有他的创作个性，比如雷平阳的叙事诗很好，但其他的方面怎么样呢？还很难说。还有的诗人，可能写口语诗没问题，但那种美学化一点的诗他就写不出来。中国古典时期的诗人，尤其是李白杜甫那一代诗人，都有宏大的综合能力，各种题材都能处理到位。

包括"草根性"，其实在理论上我并不是要呼应现实主义。我是觉得中国新诗早期受外来观念的影响过于明显，是一种外来的东西，一定要把住中国本土的文化根性才行。我理解的草根性是与本土化联系在一起的。中国新诗明显受了西方的影响，像胡适早年是翻译出身，受这个影响产生了自由诗，因此自由诗在中国土地上开始时是没有根基的。慢慢地随着不断的教育、不断的传承，新诗也慢慢就有了根基，这个根基最典型的形态就是它的"草根化"。像余秀华这样的农民都能写出好诗，表明新诗已经完成了"草根化"阶段，下一阶段应该是向上超越的阶段。

**吴投文**：你认为中国新诗大致可以分为几个阶段？

**李少君**：我把中国新诗分成三个阶段，第一个阶段是向外学习，表现为"横向移植"，民族化的内涵比较欠缺；第二个阶段是寻找，寻找我们自身的传统，表现为文化自觉；第三阶段就是要向下，充分挖掘和完成"草根化"，但最高的的阶段是向上的，表现为自我超越。只有完成这一阶段，才能完成新诗的伟大使命，或者说，这么一个轮回就是实现中国诗歌的复兴。余秀华、李松山两个农民都能写出这么好的诗，怎么能说新诗不被广大人民所接受呢？这就证明了，能被广

*Li Shaojun Selected Poems*

大人民接受的诗,就是好诗。当然,余秀华、李松山的诗还不是最好的,但已经不错了,应该多多出现比他们更好的,被更广泛的读者接受的作品。到了那时,中国诗歌可能就到了一个伟大的时代。我认为是这样的。但是,就目前这个阶段而言,可能还没有到达。

2020年9月20日提问,2020年12月31日采访,地点:湖南湘乡
(此为2021年1月21日诗人李少君修正、校阅后的返回稿)